Bianca

D0912572

FARSA APASIONADA

Cathy Williams

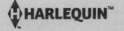

Editado por Harlequin Ibérica.
Una división de HarperCollins Ibérica, S.A.
Núñez de Balboa, 56
28001 Madrid

© 2019 Cathy Williams
© 2019 Harlequin Ibérica, una división de HarperCollins Ibérica, S.A.
Farsa apasionada, n.º 2717 - 7.8.19
Título original: Marriage Bargain with His Innocent
Publicada originalmente por Harlequin Enterprises, Ltd.

I.S.B.N.: 978-84-1328-124-7
Depósito legal: M-20694-2019
Impreso en España por: BLACK PRINT
Fecha impresion para Argentina: 3.2.20
Distribuidor exclusivo para España: LOGISTA
Distribuidor para México: Distibuidora Intermex, S.A. de C.V.
Distribuidores para Argentina: Interior, DGP, S.A. Alvarado 2118.
Cap. Fed./Buenos Aires y Gran Buenos Aires, VACCARO HNOS.

Capítulo 1

GEORGINA levantó la vista hacia la imponente mansión que tenía delante. No debía haber esperado menos.

Llevó la mano al timbre mientras la cabeza le decía que lo mejor sería terminar con aquello cuanto antes y los pies le gritaban que esperase y se lo pensase mejor.

Le hizo caso al cerebro y tocó al timbre antes de que sus pies pudiesen convencerla de lo contrario.

Ya estaba allí. Había viajado durante varias horas para llegar y no iba a marcharse sin decirle al dueño de aquella impresionante mansión de Kensington, al que conocía desde que era una niña, del que, por desgracia, había estado enamorada de adolescente, que… seguro que jamás se había imaginado que acabarían teniendo una relación.

Matías no tenía ni idea de quién había llamado a la puerta, pero, fuese quien fuese, no habría podido ser más inoportuno.

La rubia platino que había sentada en su sofá de cuero blanco llevaba treinta y cinco minutos sin dejar de gritar y seguía haciéndolo mientras salía del enorme salón detrás de él y lo seguía hasta la puerta.

—¡No puedes romper conmigo! ¡Le he contado a todo el mundo que vas a venir a la fiesta de cumpleaños del próximo fin de semana! ¡Me he comprado un vestido! Seguro que estás con otra, ¿verdad? ¿Quién es? ¿La conozco? ¿Cómo me puedes hacer esto? ¡Pensé que me amabas!

Hacía diez minutos que Matías había dejado de responder a sus preguntas.

Abrió la puerta y se quedó de piedra.

—Matías —lo saludó Georgina, mirando a la rubia—. Supongo que he llegado en mal momento.

Estaba deseando salir corriendo, pero ya estaba allí. Dicho aquello, por mucho que hubiese intentado prepararse para verlo tan guapo, cada vez que lo veía volvía a sorprenderse.

Tenía la boca seca, el corazón acelerado y el cerebro bloqueado… como de adolescente, con las hormonas fuera de control y loca por un chico que desde los trece años siempre había tenido su propio club de fans. No obstante, siempre había conseguido mantener en secreto su amor.

—Georgie, ¿qué estás haciendo aquí?

—¿Te parece que esta es manera de saludar a una vieja amiga? Habría preferido no tener que venir, Matías. Me he pasado horas metida en un tren, tengo calor y estoy cansada, me duelen los pies.

—¿Está bien mi madre? —le preguntó él.

—¿Tú quién eres? —preguntó la rubia, poniéndose al lado de Matías.

Y Georgina se preguntó si él no se cansaba de salir siempre con el mismo tipo de chicas: rubias esbeltas cuyo sentido de la moda consistía en llevar la mínima cantidad de ropa posible.

Aquella en particular llevaba una minifalda roja, un minúsculo top rojo y unas sandalias de tacón alto.

–Te tienes que marchar, Ava.

–¡Lo nuestro todavía podría funcionar, Matías!

Él miró a Georgina de reojo y se pasó una mano por el pelo.

–No es posible –respondió, tomando un pequeño bolso de diseño de la mesa de la entrada y dándoselo–. Te mereces a alguien mejor.

Georgina puso los ojos en blanco y se apartó para que saliese la rubia, que era mucho más alta que ella y estaba muy delgada.

–Qué detalle por tu parte, Matías, eso de decirle que se merece a alguien mejor –comentó, entrando en la casa detrás de él y siguiéndolo, probablemente, hacia la cocina.

No entendía qué veían todas esas mujeres en él. Era rico, sí. Y guapo, pero aparte de eso… No tenía nada más. Qué ironía, teniendo en cuenta que había ido allí a decirle que habían estado viéndose en secreto, que se habían enamorado y que tenían una apasionada relación destinada a… ¿a qué?

Se puso nerviosa al pensar que tenía que decirle todo aquello.

–¿Y bien?

Matías no se molestó en mirarla. Fue directo a un armario, sacó una botella de whisky y se sirvió una copa, después le ofreció otra a ella, pero era evidente que no esperaba que Georgina la aceptase.

—Tu madre está bien. Por así decirlo.

—He tenido un día horrible, Georgie, así que ve directa al grano. Hablé con mi madre hace dos días y parecía que estaba bien, ¿qué le pasa?

—Nada. Su salud no se ha deteriorado. Quiero decir… que todavía está débil, después del ataque, y aún no habla con normalidad, pero está haciendo todos los ejercicios que el médico le recomendó.

—Bien.

—Tienes una casa preciosa, Matías.

Georgina sentía que todavía no era el momento de abordar el tema del que tenía que hablarle. Necesitaba sentirse más cómoda, aplacar un poco los nervios.

—Y he pensado que sí que me voy a tomar una copa.

—¿Whisky?

—Si tienes vino, mejor. Gracias.

—Te advierto que no es ecológico. No obstante, es muy caro, así que no se te ocurra tirarlo por el fregadero si no cumple con tus expectativas.

Matías se acercó a la nevera y sacó una botella de Chablis. Miró a Georgina por encima del hombro. Iba vestida como siempre, con un conjunto floreado que ocultaba sus formas de mujer. Falda larga, camiseta amplia… Muchos colores y ninguno que favoreciese a una mujer que era de baja estatura, llenita y pelirroja.

—Muy gracioso, Matías.

—Ambos sabemos que eres una defensora de la agricultura ecológica y no quiero interponerme en tu conciencia social.

—Puedes llegar a ser horrible, ¿sabes? —le espetó ella, estudiando la espectacular cocina.

—Si no lo fuera, lo echarías de menos —murmuró él—. ¿Qué harías con un Matías agradable y educado?

Georgina se ruborizó.

—He viajado varias horas para venir a verte. Lo menos que podrías hacer es ser agradable conmigo.

—Sí, y me pregunto cuál es el motivo de ese viaje. Tengo mucha curiosidad. No habías estado antes aquí, ¿verdad?

—Ya sabes que no.

—De hecho, pensé que jamás saldrías de nuestro querido Cornualles.

—Nunca te ha gustado Cornualles. ¿Ni siquiera sientes un poco de cariño por el lugar en el que creciste?

—No. Entonces, Georgina… —dijo él, acercándose—. Si no has venido a hablar de mi madre, ¿qué haces aquí?

Se sentó en la silla que había enfrente de ella y estiró las piernas.

Georgina abrió la boca para decirle lo que pensaba. Que su madre lo tenía en muy baja estima. Que las mujeres entraban y salían de su vida casi sin descanso porque Matías Silva era como un caramelo en la puerta de un colegio para ellas.

Se dio cuenta de que él parecía divertido y cerró

la boca. Matías quería hacerla saltar, pero no iba a conseguirlo.

En vez de eso, le sostuvo la mirada haciendo un increíble esfuerzo porque era, sin duda, el hombre más guapo que había visto jamás. Había heredado los exóticos genes de su padre argentino y la espectacular belleza de su madre inglesa. Era tan guapo que la gente lo miraba por la calle.

—Sí que he venido a hablar de tu madre —le dijo—, pero antes quería descansar un poco, estoy agotada.

—Son las siete. ¿Has comido algo?

—Unos sándwiches en el tren.

—Te invitaré a cenar.

—No creo que vaya vestida para ir a uno de esos restaurantes que tú sueles frecuentar.

—¿Y tú cómo sabes qué tipo de restaurantes suelo frecuentar? —le preguntó Matías.

Pero se lo preguntó sonriendo, recordándole que, a pesar de las enormes diferencias que había entre ambos, siempre se habían entendido bien.

—Porque soy muy lista —le contestó ella, que estaba empezando a tener calor—. Gracias, pero… no. ¿Por qué no me enseñas tu bonita casa? Preferiría eso antes que ir a cenar.

Georgina había ideado su plan a toda prisa, adaptándose a las circunstancias, por impulso, sin que le hubiese dado tiempo a pensar en los detalles y, sobre todo, en los ineludibles aspectos negativos del mismo.

Rose Silva pensaba que su hijo por fin había empezado a sentar la cabeza, aunque no fuese con la chica de sus sueños, sino con la de los sueños de ella. Porque Rose Silva adoraba a Georgina.

La idea de tener una nuera a la que adoraba le había dado fuerzas para seguir viviendo.

Había bastado con que Georgina sugiriese que tenía una relación con Matías para que la madre de él se animase por completo. Y lo que había empezado siendo una mentira piadosa se había convertido en una bola enorme en un momento.

–Por favor, no le digas nada a Matías –le había pedido ella a Rose, horrorizada con la idea–. Pensábamos darte la noticia los dos juntos. Además, solo estamos saliendo, Rose, ¿quién sabe cómo terminará…?

Y después había tenido que ir a ver a Matías a Londres, porque se suponía que era su novia y ni siquiera sabía cómo era su casa.

–¿Quieres ver la casa? ¿Por qué?

–Cuando vienes a Cornualles siempre da la sensación de que lo desprecias todo allí, así que me gustaría ver qué es lo que tienes aquí que es tan estupendo.

Matías inclinó la cabeza y la estudió con la mirada.

–¿Por qué tengo la sensación de que hay algo que no me estás contando?

–Bueno, si no quieres enseñarme la casa, no pasa nada.

–Trae tu copa, a ver si después de beber un poco de alcohol me cuentas por fin qué está pasando, Georgie.

–¿Por qué desconfías de mí?

–Porque no nací ayer. Y porque te conozco. Tal vez, mejor que a ninguna otra mujer del mundo. Has venido aquí por algo y, si no tiene que ver con la salud de mi madre, entonces es que tramas otra cosa, pero te da miedo contármelo directamente. ¿Necesitas dinero?

Iban hacia el salón cuando Matías se giró a mirar a Georgina. Se quedó tan cerca que ella pudo aspirar el olor de su caro *aftershave*. Y retrocedió automáticamente.

–¿Piensas que he venido a pedirte dinero? ¿Y te jactas de conocerme bien?

–No es tan descabellado –le respondió Matías, encogiéndose de hombros–. Te sorprendería la cantidad de personas que me piden dinero.

–¿Por qué iba a pedirte dinero si tengo mi trabajo? ¡Soy fotógrafa de comida! No gano mucho en comparación con lo que debes de ganar tú, pero no necesito pedir prestado a nadie.

–Pero podrías tener algún problema financiero.

Ella lo miró con indignación. Nadie era capaz de sacarla de quicio como Matías Silva. Aunque tenía razón, se conocían bien, le gustase o no.

Desde que al Matías adolescente le habían dado una beca para estudiar en un internado de Winchester, él había dejado de fingir que le interesaba la granja orgánica de sus padres y la ambición se había convertido en su mejor compañera.

No era de extrañar que pensase que había ido a verlo para pedirle ayuda. Para Matías lo primero era el dinero. De niño no lo había tenido y, de adulto, había centrado su vida en el trabajo para compensar aquella carencia.

También era normal que chocasen, eran muy distintos. Ella una persona argumentadora. Él era intransigente. A ella no le interesaba el dinero. Él no pensaba en otra cosa. A ella le encantaba su pueblo. Él había estado deseando escapar de allí. Ella admiraba a los padres de Matías. Él los menospreciaba en privado.

–Venga, suéltalo, Georgie. ¿Necesitas un préstamo?

Matías la miró de arriba abajo, con frialdad. Georgina pensó que no había un hombre en la faz de la Tierra que la enervase más.

–¿Has estado viviendo por encima de tus posibilidades? –murmuró él con exagerado interés–. No tienes de qué avergonzarte.

Georgina apretó los dientes y cerró los puños.

–No he venido a pedirte dinero, Matías.

–Ya me parecía a mí –respondió él, poniéndose en movimiento y abriendo un par de puertas sin explicarle en qué habitación estaban entrando.

Todo era blanco. Minimalista. Había caros cuadros abstractos en las paredes. Mucho cromo. Todo lo mejor que el dinero pudiese comprar. Georgina no se sorprendió. Matías había entrado en la universidad un año antes de lo que le correspondía, había estudiado Matemáticas y Económicas, y había terminado con un puesto de trabajo en un banco de inversión. Cinco años más tarde había ganado su primer millón y había empezado a volar solo, comprando empresas con dificultades y levantándolas. Por otra parte, había invertido en propiedades. Con treinta años ya tenía todo un imperio y más dinero del que se podría gastar en toda una vida. Y todas las habitaciones clamaban a gritos lo rico que era.

No era de extrañar que a Rose le intimidase aquel hijo único con tanto dinero.

«Siempre fue un genio», decía. «Por eso no le gusta la vida sencilla. Esto no es suficiente para él».

—Georgie —le dijo Matías—, no hace falta ser un genio para saber que no te interesaba nada que pudiese generarte dificultades económicas.

—¿Cómo dices?

—Que no eres de esas personas que viven por encima de sus posibilidades. Si te gusta la ropa de diseñador, los coches rápidos y las joyas, lo disimulas muy bien. Además… recuerdo cómo me enseñabas tu hucha de niña, muy orgullosa de las ocho libras que tenías ahorradas. Me resulta imposible pensar que has pasado de ser austera y ahorradora a convertirte en una derrochadora. ¿Quieres que subamos al piso de arriba?

Ella se preguntó si Matías era consciente de lo ofensivo que podía llegar a ser.

—¿O ya te has relajado lo suficiente como para contarme a qué has venido? Tal vez tú te hayas comido unos sándwiches en el tren, pero yo tengo hambre. Voy a pedir que nos traigan algo de cenar. Dime si quieres ver el resto de la casa o no.

—No, no hace falta.

No le apetecía nada ver los dormitorios. A pesar de que Matías le inspiraba aversión, siempre le había resultado sencillo asociarlo con dormitorios, en parte porque era muy atractivo y, en parte, porque a pesar de que había superado su enamoramiento adolescente no había conseguido olvidarlo del todo. De vez en cuando todavía soñaba despierta con él.

—Bien —dijo Matías, dirigiéndose hacia la cocina—. ¿Dónde tienes pensado pasar la noche?

Miró la vieja mochila caqui que Georgina había dejado en el suelo de la cocina.

—En un *bed and breakfast*.

Matías frunció el ceño.

—Eso es ridículo —le respondió—. ¿No has pensado en quedarte aquí? ¿Crees que no te agradezco lo mucho que haces y has hecho a lo largo de los años por mi madre? Lo mínimo que puedo ofrecerte a cambio es que pases la noche en mi casa.

Georgina se ruborizó.

—No debería ser yo quien estuviese ayudando a tu madre.

—Ya me lo has dicho muchas veces a lo largo de los años, así que será mejor que cambiemos de tema.

No obstante, Matías se sintió culpable. Se dijo que no tenía ningún motivo. Ayudaba a su madre económicamente y se aseguraba de que no le faltase de nada. Trabajaba muy duro para ganar el dinero que tenía y, sin su dinero, su madre no habría podido vivir tan bien.

Ni siquiera habría podido mantener la granja.

Matías se aseguraba de que todos los trabajadores respondiesen ante él y de que los problemas no llegasen nunca a oídos de su madre.

Porque una granja orgánica no daba más que problemas. Las cosechas tenían la mala costumbre de ser víctimas de todo tipo de insectos; las gallinas eran atacadas por zorros o por cualquier otro depredador que anduviese cerca, o se escapaban, por lo que al final nunca podían vender sus huevos.

Aunque, en general, era mucho mejor que el centro de Reiki, el santuario para burros o los talleres que habían querido montar allí cuando él había sido niño, antes de decidirse por la granja.

Así que no tenía ningún motivo por el que sentirse culpable. Tal vez no tuviese una relación estrecha con su madre, pero ¿qué relación entre padres e hijos carecía de problemas? Él era un hijo responsable y cumplidor, y, si a su madre no le gustaba cómo gestionaba su vida personal, le daba igual.

Sacudió la cabeza y se dio cuenta de que Georgina se estaba disculpando.

−¿Que lo sientes? −repitió, arqueando las cejas−. Ahora sí que me estoy preocupando. Es la primera vez que te oigo pedirme perdón por meterte en mi vida.

Ella no respondió y entonces sonó el timbre. Poco después, Matías volvía a la cocina con la cena, que había pedido a un conocido restaurante de Londres.

−He pedido para dos −le informó, dejándolo todo en la mesa y buscando dos platos y cubiertos.

Sirvió vino en dos copas y se sentó enfrente de ella.

—La gente suele pedir comida india o china —comentó ella.

Pensó que no debía comer, que ya se había tomado los sándwiches, pero se le hizo la boca agua al ver el arroz, la carne, las verduras…

—Pruébalo todo —la alentó él—, pero deja sitio para el *fondant* de chocolate.

—Mi postre favorito.

—Lo sé. Me acuerdo de cuando fuimos a aquel restaurante junto al mar, con mis padres y tu familia, y tú pediste tres. Venga, come… y cuéntame a qué has venido.

—He venido por tu madre, pero no tiene que ver exactamente con su salud. Como ya te he dicho, se está recuperando bien, y sé que has pagado a los mejores médicos, los mejores hospitales, todo lo mejor… pero la salud no es un tema solo físico, también es un estado mental, y tu madre lleva un tiempo deprimida.

—¿Deprimida? —repitió él, frunciendo el ceño—. ¿Por qué, si se va a poner bien? No me pareció que estuviese deprimida la última vez que hablé con ella.

—No quiere preocuparte, Matías —le dijo ella con impaciencia—, pero piensa que no le queda mucho de vida y está inquieta esperando los resultados de unas pruebas.

—¿De qué pruebas? En cualquier caso, no puede ser nada importante, si no, el médico ya me habría llamado. Y lo de que no le queda mucha vida es una tontería, si no tiene ni sesenta y cinco años.

Matías se relajó. Estaba seguro de que su madre se tranquilizaría hablando con el médico.

Se dijo que en cuanto se ocupase de un par de asuntos importantes que tenía entre manos, iría a Cornualles. Tal vez podría quedarse algo más que un fin de semana. Podría trabajar desde allí.

—Le quedan treinta años de vida —dijo, fijándose en que Georgina había cenado muy bien.

De hecho, siempre había tenido buen apetito y en esos momentos le resultó una actitud refrescante.

—Ella no lo ve así.

—Pero no tiene de qué preocuparse. Solo hay que convencerla de ello.

—No se trata de eso, Matías. Se siente…

Georgina suspiró y lo miró, y después deseó no haberlo hecho porque no pudo apartar la vista de él. Era demasiado guapo.

—Siente que ha fracasado como madre. Te siente demasiado lejos. Y lo único que desea es… que te cases y tengas hijos. Dice que siempre ha querido ser abuela y que ya no tiene ningún motivo para seguir viviendo. Si te digo que está deprimida no es porque piense que va a estar criando malvas de aquí a seis meses, sino porque echa la vista atrás y después mira al presente y… He hablado con el doctor Chivers… espero que no te moleste.

—¿Qué más da lo que yo piense, si ya has hablado con él?

El sentimiento de culpabilidad volvió a invadirlo.

—¿Y qué te ha dicho?

—Que, en circunstancias normales, no se preocuparía porque Rose es joven, pero que el estrés y la ansiedad no le vienen bien. Ha perdido todo el interés en lo que antes la entretenía. La granja ya no le importa ni va al club de jardinería. Como te he dicho, no tiene nada que la motive para seguir viviendo.

—Podrías haberme llamado para contármelo. Yo me ocuparé de ello. Hablaré con Chivers. De hecho, le pago muy bien. Tal vez podría darle algo de medicación… hoy en día hay pastillas para todo.

—Olvídalo. No funcionará —lo contradijo Georgina.

Matías frunció el ceño.

—Entonces, ¿qué? —preguntó, intentando tener paciencia.

—Vas a necesitar algo más fuerte que una copa de vino blanco antes de oír cuál ha sido mi solución.

—Suéltalo. No puedo esperar más.

—Le he contado un par de mentiras piadosas…

—¿Un par de mentiras piadosas? No sé por qué, pero me estás dando miedo.

—Yo quiero mucho a tu madre. Siempre he estado muy unida a ella, como sabes, sobre todo, desde que mis padres se marcharon a Melbourne. Y me puedes creer si te digo que últimamente ha estado muy desanimada.

—Ya, ya lo entiendo. Conoces a mi madre de toda la vida y estás preocupada por ella, aunque los médicos digan que está bien. ¿Puedes decirme de una vez lo que has venido a decirme?

—Está bien, Matías. Yo… tal vez haya hecho pensar a tu madre que tiene motivos para pensar en un futuro mejor…

—Muy bien.

—Diciéndole que sales con alguien, y que no es una mujer de las que a ella no le gustan.

—Cuanto más te oigo, más me pregunto si mi madre y tú tendréis algún tema de conversación que no sea yo.

—¡Si nunca hablamos de ti! —protestó Georgina.

—Bueno, no nos desviemos del tema. Entonces le has dicho a mi madre que tengo una novia que le va a gustar. Me parece bien, siempre y cuando no tenga que presentársela, porque entonces vamos a tener un problema.

—En realidad, eso sería menos complicado de lo que piensas…

Georgina se aclaró la garganta. No podía continuar con la mirada de Matías clavada en ella. Tomó aire y se dijo que había ido allí con un objetivo.

—Soy todo oídos.

—Le he dicho a tu madre que tú y yo tenemos algo —espetó ella.

Y Matías guardó silencio para después preguntar con incredulidad:

—¿Que le has dicho qué? Me parece que no te he oído bien…

Capítulo 2

HAS OÍDO bien –le respondió Georgina.
–De acuerdo. Entonces, vamos a ver si lo he entendido todo bien. Mi madre está un poco baja…

–Con signos de depresión.

–Cosa que podría solucionarse con unas pastillas porque, lo creas o no, hay pastillas para la depresión, pero tú, de manera unilateral, sin molestarte en consultarme, decides buscar otra solución.

–No es tan sencillo como parece, y lo sabrías si pasases más tiempo con ella.

–Vamos a dejar las críticas aparte por una vez, Georgie. En resumen, que como mi madre está triste y le gustaría tener nietos, tú has decidido animarla inventándote que tenemos una relación.

–Tenías que haber visto su cara. No la había visto tan feliz en… años, diría yo. Al menos, desde la muerte de tu padre.

La expresión de Matías no era precisamente de felicidad. La estaba mirando con incredulidad y enfado. Georgina no había esperado lo contrario, pero supo que iba a tener que utilizar todas sus armas de persuasión. No soportaba la idea de ver a Rose deprimida durante el resto de su vida.

De hecho, no había estado tan mal ni siquiera tras la muerte de Antonio.

Y ella se había dado cuenta de lo mucho que le importaba Rose, como una madre. Adoraba a su propia madre, pero no tenían mucho en común. Sus padres eran los dos profesores de universidad, su padre, de Economía y su madre de Derecho Internacional, pero ella nunca había tenido su inteligencia ni había formado parte de ese mundo.

Desde niña, su punto fuerte había sido la creatividad. Y tenía que admitir que sus padres nunca la habían obligado a hacer nada que no le gustase. Así que había pasado mucho tiempo en casa de Matías, desarrollando esa creatividad.

—Lo que no entiendo es cómo es posible que mi madre te haya creído. Siempre que estamos juntos acabamos discutiendo. A mí no me gustan las mujeres que discuten por todo y mi madre lo sabe. Además, sabiendo con quién he salido en el pasado, es evidente que no te pareces en nada a mi prototipo.

Georgina se negó a que aquello la afectase y replicó:

—Entonces, ¿no te gustan las mujeres que discuten por todo o lo que no te gusta es que las mujeres tengan una opinión que difiere de la tuya? En otras palabras, ¿solo te atraen las rubias cuyo vocabulario se limita a la palabra… «sí»?

Matías se cruzó de brazos y se echó a reír.

—Dicho así, parezco muy superficial, pero debes saber que, cuando uno vive tan deprisa como vivo yo, lo último que quiere es que alguien le recrimine haber llegado cinco minutos tarde o haber olvidado comprar la leche.

—Dudo mucho que hagas cosas tan mundanas como comprar la leche, Matías.

—La verdad es que hace mucho tiempo que no lo hago, pero, volviendo al tema que nos ocupa, si mi madre se ha tragado esa historia es que está mucho peor de lo que yo pensaba. Solo por curiosidad, ¿desde cuándo tenemos esa relación clandestina que acaba de salir a la luz?

Aquella era la conversación más larga que habían tenido en mucho tiempo y Georgina se sentía hipnotizada por su belleza.

Nunca se había fijado tanto en lo profundos que eran sus ojos grises ni en cómo cambiaban de color, ni en la sensual curva de sus labios o en la aquilina perfección de sus facciones. Por no mencionar las larguísimas pestañas oscuras. Cuanto más lo miraba, menos sentido le encontraba a aquella conversación.

Se obligó a apartar la mirada y fijó la vista en un punto detrás de él.

—No me paso el día entero con tu madre, así que le he contado que llevamos un par de meses viéndonos en secreto, pero que no queríamos contárselo porque todavía era reciente...

—Muy ingeniosa, ¿y por qué se lo has contado ahora?

Matías no esperó su respuesta.

—Y me imagino que no te ha hecho falta darle muchos detalles ya que confiabas en que mi madre, de todos modos, iba a pensar lo que quisiese pensar.

Georgina se ruborizó. Sus ojos verdes brillaron, desafiantes, pero supo que él tenía razón y que no iba a poder convencerlo de que le siguiese el juego.

—Me parece una idea ridícula, Georgie —siguió Matías—, y, si bien te agradezco que hayas mentido para ayudar a mi madre, no voy a formar parte de esta farsa.

Derrotada, Georgina se limitó a mirarlo en silencio. Se metió un mechón de pelo detrás de la oreja y, sentándose sobre las manos, echó el cuerpo hacia delante.

—Además, no me gusta que hayas pensado que podías meterme en este lío. ¿No se te ocurrió pensar que yo podía tener planeada una vida que no incluyese una falsa relación contigo para animar a mi madre?

—No —respondió ella con toda sinceridad.

—Pues tenías que haberlo hecho.

—Yo solo pensé…

—Georgie —la interrumpió él, poniéndose en pie para indicarle que la conversación había llegado a su fin—, siempre has sido como mis padres, entrañable, pero muy poco práctica. ¿Te apetece ese *fondant*?

—He perdido el apetito. Y si con poco práctica te refieres a que no soy fría y calculadora, me alegro de ser así —replicó ella, poniéndose en pie también—.

Tal vez tú estés orgulloso de ser práctico, Matías, pero eso no te convierte forzosamente en un tipo feliz, ¿no? Tal vez seas muy rico, sí, pero hay mucho más en la vida que el dinero que uno tiene en la cuenta corriente.

Georgina se dirigió hacia la puerta con la cabeza erguida.

—Por favor, Georgie, quédate a dormir aquí.

—Prefiero no hacerlo.

—¿Y adónde vas a ir?

—He reservado una habitación en la zona oeste de Londres, no te preocupes por mí.

—Dame la dirección y te llevará mi chófer. No me quedaría tranquilo viéndote entrar en el metro o intentando averiguar qué autobús puede llevarte hasta allí.

Matías había dicho lo que pensaba de aquella situación, pero seguía sintiéndose culpable. Sabía que Georgina interpretaría su falta de cooperación como una falta de preocupación por su madre. Y no había nada más lejos de la verdad. Que nunca hubiese tenido mucho en común con sus padres y que su manera de vivir idealista, holística y hippy le hubiese parecido irresponsable, no significaba que no los hubiese querido a su manera.

Lo que más lamentaba era no haber podido asistir al entierro de su padre porque estaba en el extranjero y, sobre todo, no haber podido zanjar los problemas que había tenido con él.

Había fracasado como hijo y, a pesar de haber intentado compensar a su madre ayudándola en

todo lo posible, Matías era consciente de que seguía habiendo un abismo entre ambos, razón por la
que aquella mujer que tenía delante llevaba mucho
tiempo juzgándolo.

No obstante, no iba a permitir que lo implicase
en una farsa así.

—Mi chófer estará aquí en cinco minutos —añadió—. ¿Qué vas a decirle a mi madre?

—¿Acaso te importa? Tal vez le cuente que he
venido a verte y te he encontrado en la cama con
una rubia.

Georgina suspiró. En realidad, la culpa de todo
aquel lío era solo suya. Matías tenía todo el derecho
del mundo a negarse a seguirle la corriente.

—No le voy a decir eso.

—Ya lo sé.

—¿Tan predecible soy?

—No, es que no eres esa clase de mujer —le respondió él—. Iré a Cornualles… tal vez el fin de semana
que viene, y me quedaré algún día más de lo habitual.

—Me apartaré de tu camino —le aseguró ella en
tono educado—. Teniendo en cuenta que hemos roto
bruscamente, no quiero que salten chispas entre
nosotros.

Matías la miró y sonrió muy a su pesar.

—No sé por qué siempre me haces reír, aunque
discutamos. Déjalo, mejor no me respondas, no sea
que terminemos discutiendo otra vez. ¿Cómo le vas
a contar a mi madre la terrible noticia de que hemos
roto?

—No lo sé. Ya se me ocurrirá algo.

–Esto ha sido idea tuya –le recordó él–, pero no me importa que me eches a mí la culpa de la ruptura. De todos modos, va a ser mucho más creíble que el malo de la película sea yo y mi madre no se sentirá tan decepcionada.

Ella lo miró con curiosidad.

–Hay que ser justos, Georgie –añadió él–. Buen viaje de vuelta.

Georgina no respondió. El Mercedes de Matías la estaba esperando y no miró atrás mientras se instalaba en el asiento trasero.

Su misión imposible se había convertido en una misión «debes de estar loca». Se consoló diciéndose que había hecho lo que había estado en su mano y que no podía hacer más.

El alojamiento no se hallaba precisamente en el mejor barrio de Londres, pero era barato y estaba limpio. Su habitación era tan pequeña que solo había espacio suficiente para pasar de la cama al cuarto de baño sin hacerse daño.

Se dio una ducha y se puso la camiseta y los pantalones cortos que siempre utilizaba para dormir. Por la noche, en la oscuridad de su habitación, era cuando se sentía más segura de su cuerpo.

A su edad, ya podría haberse casado y haber tenido un hijo. Aunque fuese extraño pensarlo, era verdad. Allí, en aquella cama, a oscuras, pensó de repente en Matías y también en Robbie y en el futuro que habrían podido tener.

Había recuerdos que tenía en un rincón de la mente, pero en esos momentos salieron a divertirse a sus expensas. Recordó su compromiso y cómo habían planeado el gran día, hasta que, unas semanas antes de la boda, Robbie le había dicho que no podía seguir adelante.

—No es por ti —le había dicho—. Soy yo. Ya no me siento como antes y… no lo entiendo…

Así que se habían ido cada uno por su lado y, durante meses, Georgina había tenido la sensación de que todo el mundo hablaba de ella.

Robbie había dejado de sentirse atraído por ella, si es que lo había estado alguna vez. O tal vez no. Tal vez solo le había pedido que se casase con él para complacer a sus padres, ya que Robbie había sido el alumno predilecto de su madre.

Y ella se había preguntado alguna vez si no se habría fijado en él porque era todo lo opuesto a Matías.

Robbie había intentado animarla a que perdiese algo de peso y, poco después, Georgina se había enterado de que había conocido a otra persona y se había casado con ella en un tiempo récord. Una chica alta y delgada. Y, desde entonces, se había esforzado todavía más en ocultar su cuerpo.

Era una tontería y lo sabía, pero los sentimientos eran así.

Se quedó dormida hasta que oyó que llamaban a la puerta.

Se despertó aturdida y desorientada. Y abrió la puerta sin pensarlo porque la única persona que podía estar llamando era la dueña de la casa, una encantadora mujer de unos cincuenta años.

Y no era tan tarde, poco más de las once, pero había caído rendida.

Vio unos zapatos muy caros, unos vaqueros oscuros y un jersey negro que se pegaba a un cuerpo musculoso.

Y supo que era Matías mucho antes de llegar a sus ojos.

—Déjame entrar, Georgie.

—¿Qué estás haciendo aquí?

—Tenemos que hablar.

—¿Cómo has conseguido entrar? —le preguntó ella—. ¡Quien te haya dejado entrar no tenía ningún derecho a hacerlo!

—Creo que se ha dado cuenta de que no era precisamente un ladrón. Déjame pasar.

—¿Tú sabes la hora que es?

—Todavía no es hora de dormir para los menores de cuarenta y cinco años. Es sábado por la noche. Y he venido a decirte que ha habido un ligero cambio de planes.

Matías se pasó una mano por el pelo y la miró como si se sintiese incómodo.

—Lo que me tengas que decir tendrá que esperar a mañana —replicó ella con el corazón acelerado, cerrando la puerta.

Pero Matías puso el pie para impedírselo.

—Sé que no es el mejor lugar del mundo para mantener una conversación, pero lo que te tengo que decir no puede esperar. Me ha llamado mi madre.

Georgina dudó y, suspirando, abrió la puerta de

nuevo y le indicó que se sentase en el tocador mientras se vestía.

Sabía que a Matías le gustaban las rubias altas, muy delgadas y de piernas kilométricas. Y que lo que llevaba puesto era parecido a lo que se ponían casi todas las chicas para ir a dar un paseo en verano, pero como no se sentía cómoda, entró en el cuarto de baño a ponerse unos vaqueros.

Aunque no tardó ni diez segundos en desaparecer, fue tiempo suficiente para que Matías pudiese ver que aquel cuerpo que Georgina siempre intentaba esconder estaba muy bien proporcionado. De hecho, no estaba gorda, sino que era muy sexy.

Su libido, que había ido apagándose durante las semanas que había durado su tempestuosa relación con Ava, resurgió con fuerza y lo obligó a disimular sentándose en una banqueta que había cerca de la ventana.

–¿Qué me querías decir? –preguntó Georgina, saliendo del baño vestida con unos vaqueros y una camiseta y sentándose después en la cama porque no había ningún otro lugar donde hacerlo.

–Tenías que haberte tragado el orgullo y haberte quedado en mi casa. Este sitio es minúsculo.

–La dueña es encantadora. Además, es barato y está limpio. ¿Qué te ha dicho tu madre?

–Para empezar, me tomó por sorpresa. Era tarde y casi nunca me llama.

–Eso es porque le preocupa molestarte.

–¿También habéis hablado de eso, Georgie? Lo cierto es que, antes de que pudiese recuperarme de la sorpresa, se ha lanzado a darme la enhorabuena y a decirme que era lo mejor que le había pasado en mucho tiempo. Me ha dicho que tú no querías que me llamase, que tenía que esperar a que yo fuese a Cornualles, pero que sabía que habías venido a Londres y no había podido contenerse. Me ha dicho que por fin tiene un motivo para seguir viviendo…

—Ya te lo había dicho.

—Pero oírlo de sus labios… es diferente.

Matías se puso en pie y miró por la ventana, que daba a la parte trasera de la casa, donde estaban los cubos de basura.

Después se giró hacia ella de nuevo.

—Tenías razón. Hacía mucho tiempo que no la veía tan feliz. No he podido contarle la verdad.

—Vaya, eso sí que es un problema, teniendo en cuenta que me has asegurado que no ibas a fingir ni siquiera por el bien de tu madre.

Matías se ruborizó.

—No me gusta que me hayas metido en esto sin pedirme mi opinión —le recordó—, pero ya está hecho y no he tenido el valor de disgustarla por teléfono, así que voy a cooperar… pero quiero que sepas que me parece una solución temporal, para ayudar a mi madre en su recuperación.

Georgina no respondió. No había pensado cómo iban a continuar con aquella farsa y, en esos momentos, con Matías allí delante, se sentía incómoda.

De hecho, no entendía cómo su madre se había podido creer que un hombre tan guapo, sofisticado y urbano estuviese saliendo con ella.

Se le encogió el estómago al pensar que se suponía que eran pareja, que eran amantes…

—Así que he venido a concretar los detalles contigo —añadió él—. ¿Qué le has contado exactamente a mi madre?

—¿No podemos hablarlo en otro momento?

—¿En otro momento?

—La semana que viene. O por teléfono, tal vez.

—¿Tú vives en el mundo real, Georgie? ¿Mi madre piensa que estamos saliendo y tú quieres discutir los detalles de nuestra supuesta relación por teléfono o la semana que viene?

—¿Qué piensas tú?

—Pienso que vamos a irnos los dos a Cornualles mañana por la mañana —respondió él con impaciencia—. Mi madre nos está esperando. Una vez allí, ambos tendremos que darle la misma información.

—Has dicho que esto va a ser temporal… ¿En cuánto tiempo has pensado exactamente?

Georgina se arrepintió de haberse metido en aquello, que le había parecido mucho más sencillo en la distancia, sin Matías tan cerca.

—No mucho tiempo. Podemos fingir unos días… y después la cosa se irá enfriando. No me importa ser yo el culpable de la ruptura. Hay demasiadas diferencias entre ambos… Digamos que podría estar un par de semanas en Cornualles y después tendré que marcharme a trabajar a Oriente Medio. Me gustaría que el tema estuviese zanjado antes de irme.

—Un par de semanas… —repitió ella, aturdida—.

Pero tu madre podría volver a hundirse si nuestra relación se acaba tan pronto.

—Eso tendrías que haberlo pensado antes. Ya lo hablaremos mañana, durante el viaje, aunque será mejor que lo básico lo aclaremos ahora, porque yo voy a tener que trabajar en el coche, teniendo en cuenta que me voy a marchar sin previo aviso.

—¿Vas a trabajar mientras conduces?

—¡Por supuesto que no, Georgie! Conducirá mi chófer. Tú puedes llevar un libro o hacer punto, o lo que hagas para entretenerte.

Matías la miró a los ojos y Georgina tuvo la curiosa sensación de estar en caída libre. Sus ojos se clavaron en los labios de él y se le encogió el estómago, así que los apartó rápidamente. Se humedeció los labios y balbució que ella también tenía que trabajar.

—Bien —respondió él—. ¿Cómo se supone que hemos pasado de discutir por todo a acostarnos juntos en tan poco tiempo?

—Eso no lo he pensado —admitió ella—. Supongo que podemos decir que surgió así. Los polos opuestos se atraen, ¿no? Al fin y al cabo, tú has estado con muchas mujeres que no se parecen en nada a ti.

—Ni a ti —comentó él—. En realidad, no he tenido ninguna relación seria con ellas, aunque tampoco se supone que nosotros...

—Actué por impulso —murmuró ella—. No me gusta mentir, pero me salió así. Lo siento. Te estás viendo obligado a hacer algo que no quieres hacer y no te culparé si cambias de opinión.

—Olvídalo.

–Ni siquiera me paré a pensar que podías estar saliendo con alguien… una de esas rubias…

–Estabas tan concentrada en animar a mi madre que fuiste incapaz de pensar de manera racional.

–Algo así, sí.

–La suerte es que a partir de ahora yo me voy a encargar de que eso no vuelva a ocurrir. Haremos lo que tengamos que hacer asegurándonos de que sabemos cuáles son los límites.

–¿Qué quieres decir?

Matías tardó unos segundos en contestar.

De repente, se había puesto a pensar en aquel cuerpo lleno de curvas.

–Que no debemos olvidar que es una farsa…

Porque no iba a dejarse llevar por aquella repentina atracción. Georgina White solo tenía relaciones serias. De hecho, había estado a punto de casarse, pero la habían dejado plantada en el último momento. Y, aunque no le hubiese cerrado la puerta al amor, le habían hecho daño. Y no sería él quien volviese a hacérselo.

–No se me olvidará –le aseguró ella–. Y quiero volver a disculparme por haberte metido en este lío. Teniendo en cuenta lo ordenada que es tu vida, esto debe de parecerte una pesadilla.

–No pierdas el tiempo lamentándote por lo que ya está hecho. Estamos juntos en esto, para bien o para mal.

–Lo cierto es que no pensé en las consecuencias de mi mentira ni en cómo se sentiría tu madre cuando todo… terminase.

–Ya nos ocuparemos de eso cuando llegue el momento, te estás precipitando. Mi madre estará bien –le aseguró él–. Al menos cuando esto termine pensará que soy capaz de tener una relación con una mujer que no está obsesionada con su aspecto.

–Hasta que vuelvas a las modelos rubias –le dijo ella en tono ausente.

Él sonrió y a Georgina se le aceleró el corazón y tuvo que recordarse que ya no era una adolescente.

–Tal vez la próxima vez me decante por otro tipo de mujer –comentó él, poniéndose en pie, estirándose y dirigiéndose a la puerta.

–¿Y todos esos detalles de los que querías hablar antes de mañana? –le preguntó Georgina sin moverse de donde estaba–. ¿No has dicho que querías discutirlos esta noche para poder trabajar en el coche mañana?

Él se giró ya con la mano en el pomo de la puerta.

–Dime una cosa, ¿me pediste ver la casa para tener algo de información por si te preguntaba mi madre?

Georgina se ruborizó y asintió, y Matías se echó a reír.

–Eres única, Georgie –comentó, girándose y mirándola en silencio antes de añadir–: Y eso es una novedad para mí.

Abrió la puerta.

–Te mandaré un mensaje mañana antes de pasar a buscarte. Y entonces comenzará nuestra pequeña aventura…

Capítulo 3

LA HABÍA llamado para decirle que llegaría a las dos en punto y esa fue la hora exacta a la que llegó. No se bajó del coche, sino que la llamó de nuevo y esperó en la parte trasera del Mercedes mientras ella pagaba la habitación y se despedía de la dueña.

Hacía otro día precioso de verano y Georgina deseó haber llevado otra ropa que no fuese la falda larga que ya se había puesto el día anterior, y otra camiseta.

Fue con paso ligero hacia el único coche de aquella calle que podía ser el de Matías porque tenía los cristales tintados y estaba reluciente, abrió la puerta y entró.

Sabiendo que iban a poner su plan en marcha, se había pasado la noche dando vueltas en la cama. Lo que Matías había dicho parecía sencillo de ejecutar. Llegarían juntos, discutirían, romperían y todo se habría terminado en un par de semanas, lo que disgustaría a Rose, pero, con un poco de suerte, no lo suficiente como para que cayese en una depresión.

Lo miró a los ojos mientras se ponía cómoda y, de repente, se quedó sin palabras y sintió vergüenza por primera vez en su presencia.

–He tenido un par de horas para pensar en esto –empezó él, cerrando el ordenador y clavando sus increíbles ojos grises en ella.

Después cerró el cristal que los separaba del chófer.

–¿Has cambiado de idea? –le preguntó ella.

–Todo lo contrario –dijo Matías–. Si me conocieras sabrías que cuando tomo una decisión nunca me echo atrás.

El coche se puso en marcha y Georgina se sintió encerrada en una lujosa burbuja en la que estaban los dos solos.

–Aunque, extrañamente, mi madre no haya hecho preguntas acerca de nuestra supuesta relación, no es tonta. Me conoce y sabe que es poco probable que me sienta atraído por una persona que ni siquiera se esfuerza en vestirse bien.

A ella le ardieron las mejillas, aquello la enfadó.

–¿Qué estás intentando decir?

–Ya sabes lo que estoy intentando decir. Llevas faldas vaporosas, camisetas anchas y botas de montaña.

–¿Eres consciente de lo grosero que estás siendo conmigo? –inquirió Georgina.

–Discúlpame, por favor…

–Soy fotógrafa de comida –añadió ella en tono frío–. Soy autónoma. No necesito vestirme de traje ni llevar vestidos de fiesta.

–Ese es el motivo por el que no vamos a visitar esos departamentos en Selfridges.

–¿De qué estás hablando? ¿Para qué vamos a ir a Selfridges? No lo entiendo.

–Si vamos a hacer esto, tenemos que hacerlo bien, Georgie. Tenemos que resultar convincentes. Si no, mi madre sospechará que todo es una farsa, su salud empeorará y, además, perderá la confianza en nosotros.

Georgina no respondió porque supo que Matías tenía razón.

–Podemos pasar por alto todas nuestras discusiones y decir eso de que los polos opuestos se atraen, pero, después, el resto de los detalles deberán tener algo de verosimilitud.

–¿Qué tal si cambias tú de manera de vestir? –le espetó ella.

–¿Qué se te ocurre? –preguntó él en tono divertido.

–Que te dejes de ropa de diseño y te pongas en plan playero.

–Interesante –comentó él, apoyándose en la puerta del coche y estirando las piernas–. ¿Y cómo sería eso? ¿Camisa de flores, pantalones cortos baratos y chanclas? ¿Así es como me vestirías?

Georgina se sonrojó y apartó la mirada, Matías era demasiado guapo y lo sabía.

–Todo el mundo sabe que es imposible que te vistas así. Además, incluso cuando estás relajado das la impresión de que preferirías estar trabajando.

–No tenía ni idea de que me conocieses tan bien.

Tal vez nuestra relación tenga más consistencia de lo que parecía…

—No tenemos ninguna relación, y no pienso vestirme como la mujer a la que echaste de tu casa ayer.

—Me sorprende que no aproveches esto para provocar otra pelea —comentó él con sinceridad.

—¿Eso es lo que piensas que hago? ¿Provocar peleas por todo?

Aquello le dolió y Georgina no supo por qué. En cierto modo, Matías tenía razón, aunque si le hablaba así también era porque se lo merecía. Casi nunca iba a ver a su madre, siempre dejaba claro que no le gustaba el lugar del que procedía y… ¡ni siquiera había ido al entierro de su padre!

—Por todo, no —admitió él—. Al menos, cuando estás con otras personas. Te he visto reírte, así que sé que conmigo tienes algo especial, que soy al que dedicas los ceños fruncidos y los brazos cruzados.

Sonrió al ver que Georgina se volvía a poner colorada, aquello le resultaba divertido.

—Hemos tenido nuestras diferencias… —empezó ella—, pero solo por la relación tan cercana que he tenido yo siempre con tus padres.

Dudó un instante y después añadió:

—Adoraba a los míos, por supuesto, pero no tenía mucho en común con ellos. A mí me gusta el arte, hacer fotografías y estar al aire libre. Como sabes, los únicos intereses de mis padres son intelectuales. Lo intentaron hasta que llegué a la adolescencia.

Georgina jamás le había contado aquello a nadie y le sorprendió estar confesándose con Matías. A pesar de que era tan frío y controlador, no sabía por qué, pero le resultaba fácil hablar con él.

—¿Qué quieres decir?

Georgina se echó a reír y eso volvió a despertar la libido de Matías.

—Entonces dejaron de regalarme libros por mi cumpleaños —le explicó—, y mi madre dejó de hablar de política, de derecho y de la universidad todo el tiempo.

—No pensé que eso pudiese molestarte —murmuró Matías sorprendido.

—Un poco. Aunque también es cierto que me apoyaron en mi decisión de dedicarme a la fotografía.

—¿A fotografiar los productos de mis padres?

—Eso fue el comienzo, Matías. Ahora tengo otros clientes, pero aun así no puedo permitirme comprarme ropa nueva para ponérmela solo un rato.

—No permitiría ni que sacases el monedero —le dijo él.

Sus miradas se encontraron y a Georgina se le cortó la respiración. Sintió calor y se le secó la boca. Era muy, muy guapo, con ese pelo negro y ondulado, esos labios tan sensuales, la intensidad de su mirada…

—Si mi madre sospechase lo contrario se daría cuenta de que todo es mentira, porque cuando estoy con una mujer no le permito que pague absolutamente nada.

«Pero no estás conmigo», pensó Georgina confundida.

—Además, si te compras la ropa tú, mi madre se

daría cuenta de que no te la he comprado yo porque
todo sería dos tallas demasiado grande.

—¡Ese comentario está de más!

Matías se echó a reír.

—Tienes razón —murmuró—, pero prefiero no an-
darme con rodeos. Sexy, pero refinada, esa es la
imagen que pienso que deberías dar.

Georgina dudó que pudiesen conseguir aquello.
Y, horrorizada, se dio cuenta de que el coche acababa de detenerse delante de unos caros almacenes
londinenses.

Matías la ayudó a salir del coche y la llevó hasta
donde los esperaba una asesora de compras.

—Si vamos a hacer esto, hagámoslo bien —le susurró Matías—. Empezando por la ropa.

Se sentó en un sofá de terciopelo y ni siquiera
abrió el ordenador. Observó en silencio mientras
iban sacando ropa y la estudió mientras ella se la
probaba e iba descartando todo lo que le parecía
demasiado corto o demasiado ajustado, argumen-
tando que Rose tampoco se creería que ella quisiese vestirse así.

Así que optó por un estilo refinado más que sexy
e intentó ignorar la mirada de Matías.

Cuando el montón de ropa que habían escogido
era ya exagerado, Georgina volvió a meterse en el
probador y salió con su propia ropa y gesto de determinación.

—Ya está —le dijo—. No quiero nada más.

—¿Por qué no?

La dependienta se había ido a empezar a empaquetar la ropa y Matías tocó el espacio que había a su lado en el sofá, pero Georgina no se sentó.

–Pensaba que no había nada que gustase más a una mujer que comprar ropa.

–Pues te equivocabas.

–Entonces, ¿has odiado la experiencia?

Georgina dudó. Se negaba a admitir que, en parte, le había gustado.

–Era necesaria –respondió.

Matías se echó a reír.

–Mentirosa. En cualquier caso, tendrás que mostrarte más receptiva y reducir las críticas si quieres que lo nuestro parezca real.

Se puso en pie justo cuando la dependienta volvía con las compras.

–Tienes razón. Tenemos más que suficiente. De todos modos, este teatro no va a durar eternamente.

Georgina siguió su mirada hasta la pila de paquetes que había encima de la mesa.

Había ropa y zapatos para todo tipo de ocasiones. Para salir a comer, para cenar en el jardín de casa de Rose, para pasear por la playa con su madre de testigo.

Antes de que aquello se empezase a estropear.

Georgina se preguntó si debía haberse comprado algo para el momento de la ruptura, pero se dijo que bastaría con volver a ponerse su ropa antigua y eso lo diría todo.

–Tienes que llegar a casa con uno de los conjuntos que hemos comprado puesto –le dijo él mientras pagaba.

Mientras se probaba la ropa siempre había salido del probador con parte de su ropa puesta, pero cuando apareció un par de minutos después solo llevaba uno de los conjuntos nuevos y estaba…

Matías contuvo un grito ahogado. Estaba impresionante. Había dejado de ser la vecina de al lado y se había convertido en una mujer a la que cualquier hombre con sangre en las venas habría deseado llevarse a la cama.

La miró fijamente. Se había puesto unos pantalones de seda con rayas y una blusa también de seda y su libido se disparó hasta la estratosfera.

El pelo, que un rato antes había llevado recogido, caía sobre sus hombros. Y en vez de unas sandalias cómodas llevaba puestos unos zapatos planos de piel.

—Estás… muy guapa —le dijo Matías haciendo un gesto a la dependienta para que le diese las bolsas—. Gracias.

Georgina notó que se ruborizaba. Matías la estaba mirando, por primera vez en su vida, como un hombre miraba a una mujer. Aunque fuese consciente de que no se sentía atraído por ella, al menos ya no era invisible…

Fue a tomar su mochila, pero él se la arrebató.

—Se nos ha olvidado el bolso —le dijo a la dependienta—. No puedes llevar… esto.

Y aquello hizo que Georgina volviese a aterrizar y recordase que aquello era solo una farsa.

Ni a Matías le gustaba ella ni a ella le gustaba

Matías. Y, aunque le hubiese gustado, habría sido solo porque era muy sexy.

Pero nunca había sido su tipo y, además, después de lo de Robbie, no quería saber nada de ningún otro hombre. Si alguien llegaba a su vida, alguien serio y estable, con un toque de creatividad… lo aceptaría, pero no iba a sentirse atraída por alguien inadecuado.

Robbie no había sido la persona adecuada para ella, pero, como era culto e inteligente, Georgina no había mirado más allá. Se había enamorado de la idea de estar enamorada.

El viaje hasta Cornualles no resultó tan incómodo como ella se había imaginado.

Matías, tal y como le había anticipado, se puso a trabajar y solo apagó el ordenador cuando faltaban veinte minutos para llegar a casa de su madre. Entonces, la interrogó acerca de lo que le había contado exactamente a su madre.

—No mucho —admitió ella—. Fue algo que se me ocurrió sobre la marcha y después me fui a Londres corriendo, a contártelo.

—Me cuesta creer que fueses tan impetuosa —murmuró él.

—¿Tú nunca haces nada sin pensarlo?

—¿A ti qué te parece?

—Me parece que es muy extraño. Creo que tus padres eran la pareja más impulsiva que he conocido, en especial, comparados con los míos, y tú eres todo lo contrario. Tu madre se lanzó a montar la granja ecológica, empezó con el Reiki… y después hizo lo del santuario para los burros… qué pena que no saliese adelante.

Georgina suspiró.

—Nadie predijo que sería un error.

—Yo sí, y no era más que un adolescente –le respondió él en tono frío–. Mis padres son un buen ejemplo de por qué hay que evitar hacer las cosas de manera impulsiva.

Lo que a Georgina le parecía romántico y encantador, él lo veía como un lamentable hándicap.

—Tal vez –continuó Matías–, si hubiesen empezado con la granja desde el principio y se hubiesen especializado en eso, las cosas podrían haber ido mejor, pero intentaron probar distintas cosas y, como era de esperar, fracasaron.

—Fueron felices. No fracasaron.

Matías gruñó, no quería continuar con una conversación que no iba a llevarlos a ninguna parte.

—Entonces, ¿no le has contado ninguna historia? –preguntó–. Mejor. Cuantas menos mentiras, menos complicaciones.

—¿Y más fácil será terminar con nuestra relación?

A Georgina le maravillaba que pudiese verlo todo en blanco y negro. No le sorprendía, pero volvió a pensar en lo diferentes que eran. Eso, en cierto modo, la tranquilizó.

—¿Quieres que planeemos eso ahora también? –añadió.

–No es necesario. Déjamelo a mí. Como te dije, yo cargaré con la culpa.

Sorprendida, Georgina se dio cuenta de que ya estaban llegando a casa de Rose. Habían pasado por delante del camino que llevaba a casa de sus padres, donde estaba viviendo ella mientras estos se hallaban en Australia. Las casas estaban rodeadas de campo y se veía el mar a lo lejos.

La casa de Rose estaba situada sobre una colina y Georgina se fijó por primera vez en lo poco que se ocupaba su dueña de los campos que, en el pasado, había cultivado con Antonio. Tanto el terreno como la casa parecían viejos y descuidados a pesar de todo el dinero que Matías gastaba en ellos.

–Todo parece gastado –comentó él, como si le hubiese leído el pensamiento–. He intentado convencer a mi madre de que se mude a un lugar más práctico, pero no atiende a razones.

–Tiene muchos recuerdos entre esas cuatro paredes –murmuró Georgina.

Aquello sorprendió a Matías, que nunca hubiese pensado en aquello.

Su cerebro no funcionaba así. No veía la casa de ese modo. Llevaba tanto tiempo fuera que, cuando la miraba, solo veía hormigón y vidrio, y problemas.

Rose los estaba esperando con la puerta abierta, sonriendo de oreja a oreja.

Era una mujer rechoncha, había tenido el pelo rubio, pero en esos momentos estaba cubierto de canas. Tenía unos grandes ojos azules y rasgos delicados. De joven había sido muy guapa, pero en esos momentos parecía frágil.

Pero sonreía y en cuanto bajaron del coche empezó a hacerles preguntas. Abrazó a Matías y Georgina se fijó en que él se ponía tenso un instante antes de devolverle el abrazo a su madre.

«No está acostumbrado a semejantes muestras de afecto», pensó, sorprendida. Aunque tenía que habérselo imaginado, sabiendo que casi no tenía relación con su madre.

Después, Matías volvió al lado de Georgina e hizo algo inesperado y previsible al mismo tiempo.

Puso el brazo alrededor de sus hombros.

Y ella quiso apartarse, pero se quedó inmóvil, casi sin respirar.

Rose siguió hablando animadamente mientras entraban en la casa. Matías respondió, pero Georgina estaba tan aturdida que no entendió lo que decían.

De repente, oyó que decía:

–A eso que te responda Georgie.

–¿Qué? –preguntó ella, parpadeando con fuerza, mientras aceptaba la taza de té que le ponían delante.

Miró a Matías sintiendo que el corazón se le salía del pecho.

–¿Que cómo surgió lo nuestro? Mi madre quiere saber todos los detalles.

Georgina no había tenido en cuenta que tendría que haber contacto físico, pero, si se suponía que eran pareja, tendrían que hacer todo lo que hacían las parejas.

Como tocarse.

Y como aceptar el beso que Matías estaba a punto de darle.

Un beso rápido pero cuyo efecto fue devastador. Georgina intentó que su cerebro volviese a funcionar. Él volvía a hablar con su madre y ella se sentía furiosa por sentirse así.

Se apartó de él y se sentó delante de la taza de té que había dejado encima de la mesa. Rose la imitó y Matías se quedó de pie, inspeccionando la cocina.

–Venga, cuéntame cómo ocurrió –insistió Rose–. Sé que os conocéis de toda la vida, pero ¿cuándo os disteis cuenta…? ¡Jamás lo habría imaginado!

Hablaba sin parar y, por suerte, sin dar tiempo a que Georgina respondiese por el momento.

–¡Mira que guardarme el secreto, Georgie! ¡No tenía ni idea de que estuvieses yendo y viniendo de Londres, a ver a Matías!

–Los trenes funcionan tan bien, son tan rápidos… –balbució ella.

–Aunque comprendo que ninguno de los dos quisiera decirme nada, por si acaso…

–Ah, sí… –dijo ella, mirando a Matías, que estaba arqueando las cejas y dando un sorbo a su taza de té–. Ya sabes… las relaciones pueden ser… impredecibles.

–Por supuesto, querida. Tú lo sabes mejor que nadie. Estoy segura de que has sido muy cauta…

–Sí, muy cauta –repitió ella en voz baja.

–Pero has hecho lo correcto –continuó Rose, pensativa–. En vez de precipitarte y tener cualquier otra relación has esperado a tener superado lo que ocurrió antes de volver a salir con alguien.

Rose miró a su hijo de manera afectuosa.

—Cariño —le dijo—, no sabes lo mucho que deseaba...

Y se le quebró la voz, pero después continuó:

—Pero todavía no me habéis contado cómo ocurrió. ¿Fue tan romántico como parece?

Matías miró a Georgina y dijo exactamente lo que ella tenía la esperanza de que no dijera:

—Cielo, ¿se lo cuentas tú?

Ella pensó que era muy buen actor. Le hablaba de manera cariñosa y cercana, mientras seguro que estaba pensando en su trabajo.

Georgina se obligó a sonreír.

—Por supuesto, cariño...

Mientras ella se servía otra taza de té y perdía un par de minutos, Matías se acercó y apoyó las manos en sus hombros y se los masajeó.

A Georgina le costó respirar. Estaba furiosa.

—Cuéntale a mi madre qué fue lo que hizo que te enamoraras perdidamente de mí —murmuró Matías.

—Ni idea —respondió ella, apartándole las manos con cuidado, pero con firmeza.

Él le dio la vuelta a la mesa y se sentó enfrente de ella, para poder ver bien la expresión de su rostro.

Georgina intentó ignorarlo. Sonrió a Rose e hizo acopio de valor.

—Quiero decir que no fue su humildad ni su amabilidad, ni tampoco su simpatía, lo que me llamó la atención. ¡Ya conoces a tu hijo, Rose! Es, por decirlo de alguna manera, difícil. Y en ocasiones podríamos decir que… incluso arrogante…

Matías siguió observándola divertido y le dedicó una sonrisa.

—Entonces, cariño, si no fue mi naturaleza bondadosa ni mi ambición lo que te gustó de mí, debió de ser mi brillante personalidad, ¿no?

Ella pensó que no había hablado de bondad ni de ambición.

—Digamos —continuó él, para deleite de su madre— que conseguí que se le acelerase el corazón y lo ha tenido acelerado desde entonces, ¿verdad, cariño?

Capítulo 4

MENOS de una hora después, cuando Rose se había retirado a descansar un rato antes de la cena, Georgina se giró hacia Matías y le dijo:

—Ha sido horrible.

—Tengo la sensación de que te vendría bien una copa.

Sirvió dos copas de vino y después la miró con frialdad.

—Tenía dudas con respecto a tu descabellada idea, pero tengo que admitir que mi madre es una mujer distinta a la que vi hace tres meses.

Ella aceptó la copa de vino y estudió el líquido mientras lo hacía girar y se preguntaba cómo era posible que un par de horas con una mujer a la que quería tanto le hubiesen resultado tan agotadoras como la subida al monte Everest.

Lo cierto era que no había pensado que Rose les haría tantas preguntas: ¿Cómo habían empezado? ¿Dónde y cuándo se veían? ¿Se habían visto en Cornualles en secreto? ¿Tenían planes de futuro? ¿Se casarían en verano o en invierno? ¿Cómo les gustaban los anillos?

A Georgina le había agotado la conversación y Matías no había hecho mucho por ayudarla.

–No me ha gustado que me toques –le dijo, mirándolo con severidad por encima del borde de la copa–. Sé que tenemos que ser… convincentes… delante de ella, pero no hace falta que me toques todo el tiempo.

–Entendido –respondió él–. Aunque pensé que ibas a darme las gracias por haber accedido a formar parte de tu plan sin protestar.

–¿Y de verdad es necesario que mañana vayamos de excursión?

–¿Y qué sugieres que hagamos, como pareja de enamorados que somos? –replicó él–. ¿Que vayamos cada uno a nuestro aire y nos comuniquemos por correo electrónico mientras estoy aquí? No olvides que yo no te he pedido que me metieras en este lío, pero aquí estoy. O, mejor dicho, aquí estamos. Así que te propongo que te dejes llevar y dejes de poner pegas a todo.

Estaba haciendo algo que no había salido de él y eso seguía sin gustarle, pero lo cierto era que había disfrutado de la tarde. La actitud de su madre había sido distinta. Y le sorprendía lo mucho que le había gustado sentir aquello, teniendo en cuenta que hacía tiempo que había aceptado que no tenía una buena relación con su madre.

Siempre había sabido que Rose lo juzgaba por las decisiones que había tomado en la vida y, en especial, por no haber asistido al entierro de su padre. Y, no obstante, él siempre la había apoyado económicamente y había aceptado la distancia que había entre ambos sin más, dando por hecho que era irreversible e inevitable.

Pero no lo era.

Su madre lo había recibido con los brazos abiertos. Había bromeado con él y se había reído con él. Sus cautas muestras de cariño se habían transformado en toda una demostración de amor y Matías había sentido esa reconexión que jamás había creído posible.

Y con respecto a tocar a Georgina… Eso también le había gustado.

No era todo huesos, como las modelos con las que solía salir. Tenía la piel suave y, al tocarla, había tenido la sensación de estar tocando a una mujer de verdad.

Le gustaba que fuese menuda y que tuviese curvas, le gustaba que tuviese unos pechos generosos y las piernas torneadas. Desde luego, no había tenido que hacer ningún esfuerzo para tocarla.

—¡Tu madre no espera que estemos todo el rato pegados! —protestó Georgina en ese momento.

—Pues tampoco parece que le haya asustado vernos.

—Bueno, esta noche no voy a cenar con vosotros —decidió Georgina, poniéndose en pie—. Tengo cosas que hacer.

—¿El qué?

—No es asunto tuyo.

—Por supuesto que sí, ahora que somos pareja.

—Estás disfrutando con esto, ¿verdad?

Matías sonrió.

—¿Disfrutando?

Georgina se ruborizó. Matías no iba a admitir que estaba disfrutando porque, por supuesto, se había visto obligado a hacer aquello junto a una mujer que la mayor parte del tiempo le resultaba fastidiosa, que no le gustaba lo más mínimo.

—Tengo un trabajo nuevo —le explicó ella en tono conciliador—. Es para una joven chef de la zona. Lo bueno es que va a utilizar algunos productos de tu madre, así que también le dará publicidad a la granja. Y necesito empezar a trabajar.

Matías hizo una mueca.

—Nunca te he visto trabajar —comentó—. Y eso tiene que cambiar. Además, quiero que sepas que, aprovechando que estoy aquí, voy a intentar convencer a mi madre de que se marche de esta casa. Es demasiado grande. Entiendo que tenga muchos recuerdos, pero ¿no son para eso los álbumes de fotos?

Georgina lo miró con incredulidad.

—Eres de lo que no hay, Matías. ¿Cómo puedes ser tan frío e insensible? Aunque nadie lo diría, tal y como has actuado delante de tu madre. Eres un actor magnífico, pero me alegro de que al menos hayas visto un cambio en tu madre. Sé que estás haciendo esto por obligación y me consuela que al menos te des cuenta de por qué le conté esa mentira.

Se puso en pie.

—Me voy a marchar antes de que Rose baje. Ella

lo comprenderá. Sabe todo lo que tengo que preparar antes de la sesión, que es pasado mañana.

No obstante, dudó antes de salir por la puerta. Y entonces oyó la voz de Rose y se sobresaltó.

—¿Te marchas? Pero, querida, ¿adónde vas?

Georgina tardó un par de segundos en reaccionar.

—A casa… tengo que trabajar, pero volveré mañana, por supuesto.

—Lo que Georgie está intentando decir —intervino Matías—, es que va a ir un rato a casa a terminar una cosa, pero que volverá a la hora de cenar.

—Yo…

—No voy a permitir que estéis separados mientras estéis aquí —la interrumpió Rose—. ¡No os preocupéis por mí! ¡No nací el siglo pasado! Entiendo que los jóvenes enamorados duermen juntos y, si bien podríais quedaros aquí, en la habitación de Matías, me imagino que preferiréis iros a tu casa, Georgie.

Rose sonrió y Georgina hizo un esfuerzo por devolverle la sonrisa.

—Pero… ¿Matías? ¿Tú no habías venido para estar con tu madre?

—Y voy a estar con ella —respondió él tan tranquilo—, pero mi madre tiene razón. Lo más sensato es que estemos los dos en la misma casa.

Se acercó a darle un beso en la mejilla a su madre, que parecía encantada, mientras Georgina lo observaba con incredulidad.

¿Cómo iba a compartir la casa con Matías?

Se dijo que lo mandaría a la habitación de invitados, pero no obstante…

—Te veo un poco nerviosa, Georgie.

Rose se acercó y le tomó las manos cariñosamente.

—Aunque comprendo que tengas que trabajar y que quieras que Matías también pase tiempo conmigo. Porque sé que eres una chica encantadora, que siempre piensa en los demás.

—Es un ángel —murmuró Matías, agarrándola por la cintura.

—Mañana podríais ir a hacer algo juntos. Todo está precioso en esta época del año. Y no os sintáis obligados a llevarme con vosotros —les dijo Rose—. ¿Por qué no vais a Padstow? Podría prepararos un pícnic para que comáis en la playa. ¿Cuándo ha sido la última vez que has estado en la playa, Matías?

Miró a su hijo con cautela y amor al mismo tiempo y Georgina sintió que no podía aguarle la fiesta a la otra mujer.

—Hace un siglo y medio… —respondió él.

Así que estaba decidido. Georgina se dijo que era por una buena causa, aunque no podía dejar de pensar en que Matías iba a estar en su casa, en su ducha… compartiendo espacio con ella. Era un intruso en su vida, al que ella misma había invitado. Un intruso que la hacía recordar aquella época en la que lo había idolatrado.

Rose salió por fin de la habitación y Matías se apartó de ella y le preguntó:

–¿Te pongo nerviosa? Porque actúas de una forma muy extraña.

–Por supuesto que no –replicó Georgina, aclarándose la garganta e intentando reírse con naturalidad–. Es que no esperaba que tu madre…

–¿Sugiriese algo que sería normal si tuviésemos una relación seria?

Georgina se ruborizó.

–Pensé que no querría… hablar de ese tema. Además, ¿cómo vamos a demostrarle el declive de nuestra relación si no está lo suficientemente cerca para presenciarlo?

–¿Piensas que cuando he traído aquí a mujeres han dormido en otra habitación en la otra punta de la casa? Y con respecto a que mi madre sea testigo de nuestras diferencias… Bueno, ya habrá tiempo. Mientras tanto, esto la está animando mucho y no quiero quitarle la ilusión tan pronto.

–No estás siendo de mucha ayuda, Matías –le dijo Georgina, arqueando las cejas.

–Ni tú tampoco –le respondió él–. Si lo que más te preocupa es mi madre, deberías aceptar que quiera que pasemos el mayor tiempo posible juntos, en vez de buscar la manera de desilusionarla lo antes posible.

–¡Pero si tú ni siquiera querías participar en esta farsa!

Matías separó los labios para replicar, pero tuvo que admitir que Georgina tenía razón. Así que, en vez de eso, le dijo en voz muy baja:

–Con el paso de los años, he ido perdiendo el

contacto con mi madre. Me he limitado a cubrir sus necesidades básicas y a venir a verla solo por obligación. El tiempo nos ha pasado factura… soy tan diferente a mis padres…

Maldijo y se pasó una mano por el pelo, nervioso.

—He vuelto a conectar con ella, aunque sea en estas circunstancias, y no quiero estropearlo tan pronto.

—Matías…

—Hasta mañana.

La conversación se había terminado, era evidente por su expresión y por su tono de voz. Matías se había abierto a ella, pero ya se estaba arrepintiendo. Y ella deseó tanto prolongar aquel momento de intimidad que sintió miedo.

—Te prepararé la habitación de invitados —murmuró, recordándose más a sí misma que a él cuáles eran los límites de aquel juego.

Matías asintió con brusquedad.

Después de unas horas alejado de la tensión del trabajo, Matías debía haberse sentido aliviado, pero Georgina hacía que no fuese capaz de concentrarse en nada.

Ella le había preparado la habitación de invitados. Al entrar, se había dado cuenta de que no había estado allí desde que sus padres se habían marchado, así que había polvo y olía a cerrado.

La había aireado y había tenido que esforzarse por no imaginarse a Matías en aquella cama. No entendía que pudiese pensar así en él, teniendo en cuenta la situación en la que estaban.

Cuando terminó, encendió el ordenador y buscó entre sus archivos de fotografías algo que la inspirase para su nuevo encargo y tomó notas.

Pero su cabeza estaba en otra parte. Ya nada era blanco o negro, había todo un océano de grises y ella nadaba muy mal...

A la mañana siguiente escogió la ropa que iba a ponerse con cuidado. Se decidió por unos pantalones que le llegaban al tobillo, una sencilla camiseta blanca y las mismas sandalias del día anterior. Era ropa cómoda, pero que realzaba su figura. Ropa que le permitía recuperar la confianza en sí misma, porque sabía que la necesitaría en cuanto volviese a estar con Matías.

Oyó el timbre y se puso nerviosa, pero fingió estar tranquila cuando abrió la puerta.

Sus ojos se clavaron instintivamente en el vello oscuro de los antebrazos de Matías, los apartó enseguida y le dijo:

—No hace falta que hagas esto. Rose no se enteraría si te fueses a pasar el día al pueblo de al lado, a trabajar. Después podríamos cenar con ella.

—Por extraño que te parezca, no quiero engañarla en eso también. Ahora, déjame pasar. Me gustaría que me mostrases algo de tu trabajo.

Georgina dudó unos instantes y después retrocedió.

—Hacía mucho tiempo que no estaba aquí... —comentó él, entrando en el recibidor.

Miró a su alrededor, era una casa acogedora y grande, pero le hacía falta un lavado de cara. Podía contar con los dedos de una mano las veces que había estado allí. No sabía por qué, pero casi siempre que las dos familias se habían juntado lo habían hecho en su casa.

—¿Por qué? —le preguntó con sincera curiosidad.

¿Por qué seguía viviendo allí? ¿Por qué no había volado del nido? Era joven y sexy…

Aquella era la típica casa de una pareja de mediana edad a la que no le interesaba la decoración. El papel pintado de las paredes era de flores y pájaros y había perdido el color. La madera brillaba, las alfombras eran bonitas, pero estaban gastadas. Todo parecía antiguo y pasado de moda. David y Alison White, que él recordase, nunca se habían preocupado mucho por lo que los rodeaba y Matías entendió en aquel momento que a su hija, tan creativa, le hubiesen encantado las extravagancias de sus padres.

—¿Por qué? ¿Qué?

Matías se encogió de hombros, prefirió dejarlo pasar.

—¿Dónde trabajas?

Georgina dudó, luego lo llevó al invernadero que había en la parte trasera de la casa, que ella había convertido en un estudio. Tenía sus trabajos cuidadosamente ordenados en estanterías y algunas fotografías colgadas de las paredes. Y poseía un amplio equipo fotográfico.

Matías se sintió impresionado. Estudió las fotografías que había a la vista mientras ella le hablaba de la fotografía de alimentos con timidez.

De repente, se interrumpió y se cruzó de brazos junto a la puerta.

—No te sientas obligado a decir que te gustan —le espetó.

—Son… increíbles.

Matías la miró en silencio durante unos segundos y ella sintió que le ardía el rostro.

—¿Qué clientes tienes?

—Cocineros… como es evidente…

Georgina se dio la vuelta para salir del invernadero. Se sentía expuesta y vulnerable sin saber por qué y quería marcharse de allí cuanto antes.

—Suelen ser cocineros bastante novatos, porque soy relativamente barata. También trabajo para muchos restaurantes de la zona que ya conocen mi trabajo. Con eso subsisto. Siempre quieren fotografiar platos nuevos. Y también he participado en algunos libros de recetas…

Salieron de la casa y Georgina lo siguió hasta el coche. Era evidente que su chófer se había vuelto a Londres.

—Bueno… —dijo Matías mientras arrancaba, pero sin mover el coche de donde estaba, girándose a mirarla—. Vamos a pasar el día haciendo lo que se supone que hacen las parejas enamoradas. Mi madre se ha levantado muy temprano para prepararnos una cesta de pícnic. No obstante, vas a tener que indicarme tú el camino, porque yo no recuerdo la última vez que he estado en estas playas.

–¿Ni siquiera con esas rubias que traes de vez en cuando? –le preguntó ella, a pesar de que se había prometido que intentaría no sacar temas de conversación demasiado personales.

–Nunca voy a la playa con mujeres –le respondió él–. Y mucho menos, a hacer pícnics.

–¿Por qué?

–Porque intento no complicarme mucho.

–¿Por qué?

–Haces muchas preguntas, ¿no? –murmuró Matías–. ¿Todavía te parezco tan fascinante como hace unos años?

Georgina se puso colorada como un tomate.

–No sé de qué estás hablando –replicó.

–¿No? Recuerdo que me seguías con la mirada… que sentías mucha curiosidad por mi vida en el internado… y por las chicas que traía a casa de vez en cuando…

–Solo preguntaba por educación –lo corrigió ella–. ¡Eras la única persona que conocía que estaba en un internado! Y esas chicas eran todas un poco tontas y te miraban como si fueses casi un héroe. En cualquier caso, nunca me has parecido fascinante.

Matías se encogió de hombros, pero sonrió de medio lado.

Abochornada, Georgina no fue capaz de disfrutar de la belleza de la playa cuando por fin llegaron a ella, y aunque alabó la cesta que Rose les había preparado, lo cierto era que no conseguía pensar con claridad.

De adolescente, había hecho todo lo posible por que nadie se diese cuenta de que estaba enamorada de él, pero era evidente que Matías se había dado cuenta, y que sabía interpretar muy bien al sexo opuesto. Así que Georgina pensó que aquel juego podía ser muy peligroso.

Llegaron a la playa en hora punta, pero consiguieron instalarse en un lugar relativamente tranquilo. Matías preparó el pícnic con excesiva ceremoniosidad. Después de lo que le había dicho un rato antes, casi ni la miró mientras se sentaban en la amplia manta que su madre le había dado.

—Si hubiese sabido que iba a hacer tanto calor te habría sugerido que trajésemos los bañadores —comentó, tumbándose con las manos detrás de la cabeza y clavando la vista en el cielo azul desde detrás de las gafas de sol—, aunque para bañarse aquí hacen falta más bien neoprenos. ¿O eres muy valiente?

—Me he bañado alguna vez, sí —respondió ella en tono educado, con la vista clavada en el horizonte, pero consciente de que Matías estaba tumbado a su lado.

Ella se había quedado sentada, completamente rígida.

—Impresionante.

—No tienes que fingir cuando estamos los dos solos, Matías. Sé que lo último que piensas de mí es que soy impresionante.

—Deberías dejar atrás tus inseguridades. Antes te he hecho una pregunta.

—¿Qué pregunta?

El hecho de que Matías Silva mencionase sus inseguridades la indignó. ¿Quién se creía que era?

Matías la estaba mirando. Georgina podía sentir el peso de su mirada y eso la incomodó.

—¿Por qué sigues trabajando y viviendo aquí? ¿Por qué sigues en casa de tus padres? Pensé que, después de que te dejase ese perdedor, sería el último lugar en el que querrías estar.

Georgina se giró a mirarlo y después apartó la vista. Aquellas preguntas le resultaron incómodas, demasiado personales. Nunca había hablado abiertamente con nadie de la ruptura de su compromiso. Se había limitado a continuar con su vida.

—Ahí afuera hay todo un mundo esperando —continuó él—. Tal vez te hayas quedado aquí porque piensas que es más seguro quedarte en casa de tus padres, soñando con un mundo de posibilidades que no tienes la intención de explorar, que ponerte a prueba.

—Por el momento estoy bien aquí —respondió ella, intentando contener la ira—. Así puedo ahorrar. Además, si tuviese algún motivo para marcharme, créeme que lo haría.

—¿Qué clase de motivo?

—¡No quiero hablar de esto!

Se puso en pie y echó a andar en dirección al coche, sin mirar hacia atrás. Matías la estaba obligando a enfrentarse a sus inseguridades y lo odiaba por ello.

Sabía que se estaba perdiendo muchas cosas,

pero Matías no la podía entender y jamás lo haría. Él se había marchado del pueblo en la adolescencia, sin mirar atrás, y se había convertido en otra persona. Había querido ser rico y poderoso, y pensaba como las personas ricas y poderosas. En blanco y negro.

Miró hacia atrás y lo vio recogiendo el pícnic que casi no habían tocado.

—¡Lo que haga con mi vida no es asunto tuyo! —le gritó, furiosa, en cuanto estuvieron subidos en el coche.

—Tienes razón —respondió él—, pero ¿quieres saber algo?

—¡No!

—Pues te lo voy a decir de todos modos. Sobre todo, porque tú te has pasado la vida diciéndome lo que pensabas de mí y de las decisiones que había tomado. Eres una cobarde. Hablas mucho, pero no haces nada. Vives en casa de tus padres porque tienes miedo de estar sola. Tal vez tengas en mente al hombre perfecto, pero no vas a salir a buscarlo porque no quieres que vuelvan a hacerte daño.

—¡Eso no es verdad!

Había dolor y rebeldía en sus grandes ojos verdes y Matías supo que el responsable era él.

—¿Tanto daño te he hecho, Georgie?

—Te odio.

—No, no me odias.

Matías le acarició la mejilla y dejó su mano allí, y ella no se apartó porque la caricia, y su cercanía, la tenían hipnotizada.

Se inclinó hacia él, apoyándose en el suave cuero del asiento, y le preguntó:

—¿Qué es lo que piensas? —murmuró a regañadientes.

Él siguió con la mano en su mejilla.

—Que en realidad sufriste menos de lo que habrías sufrido si hubieses amado a aquel tipo, pero no lo amabas.

—¿Y tú cómo lo sabes?

—Porque no era la persona adecuada para ti —le respondió Matías en tono amable—. Y eso ya te lo dije en aquel momento. Pero a tus padres les parecía bien y eso te hizo meterte en una relación que no tenía ni pies ni cabeza.

—¡Crees que lo sabes todo!

—Sé lo suficiente.

—¡Nunca has tenido una relación seria!

—No la he querido.

—¿Y eso…? —le preguntó ella, retándolo con la mirada.

—Porque prefiero dedicar mi energía a hacer dinero.

—¿Por qué estás tan obsesionado con el dinero? —se atrevió a preguntarle Georgina, a pesar de que tenía la sensación de que Matías no iba a querer sincerarse con ella—. Es un tema que nunca importó a tus padres.

Él había empezado a conducir e iba de vuelta a casa de su madre.

Georgina pensó que era un hombre lleno de contradicciones. ¿Cómo podía ser tan encantador, persuasivo, carismático… y al mismo tiempo tan frío e intocable?

—Por eso mismo —respondió Matías—. Uno puede dedicarse un poco a la tierra, a las hierbas, a dar masajes mágicos… viviendo en un pueblo en mitad de la nada, pero el mundo real no funciona así. Y yo me di cuenta cuando fui al internado.

—¿Qué quieres decir?

Él apretó los dientes.

—Quiero decir que cuando tienes trece años y tus padres van a recogerte en una furgoneta destartalada, y tu madre ofrece descuentos para sus clases de Reiki a los padres de unos niños a los que conoce desde hace cinco minutos… Digamos que son cosas que te hacen aprender.

—No sabía…

Georgina no se dio cuenta de que el coche se había detenido hasta que Matías apagó el motor.

—No necesito tu compasión, Georgie. En ese colegio aprendí lo que necesitaba. Que el dinero, cariño, es el mejor pasaporte hacia la libertad, por malo que le parezca a alguien tan moralista como tú. Si tienes el suficiente, el mundo es tuyo.

Abrió la puerta. Georgina salió también, protestando porque la había llamado moralista e intentando no sentir pena por aquel niño de trece años que había tenido que vivir en un internado en el que sentía que no encajaba.

Estaba acalorada y solo tenía ojos para el hombre que caminaba delante de ella en dirección a la puerta de la casa.

–No es el momento adecuado –le advirtió Matías sin aminorar el paso.

–¿De qué estás hablando?

–¿Qué va a pensar mi madre de una novia enfadada y gritona?

Miró a Georgina y la vio con el pelo rojo despeinado, los ojos verdes muy brillantes y los carnosos labios separados. Era la personificación de la pasión, la criatura más tentadora que había visto jamás y, de repente, solo deseó tenerla.

Tomó aire al oír los pasos de su madre. Entonces se abrió la puerta y Matías bajó la cabeza e hizo lo que llevaba todo el día queriendo hacer.

Besó a Georgie.

Le dio un beso de verdad, un beso apasionado, con lengua.

No podía estar más excitado. La suavidad de Georgina fue un poderoso afrodisiaco y al notar la curva de sus pechos contra el suyo se le vinieron a la cabeza todo tipo de imágenes eróticas.

–¡Deberíais encerraros en una habitación! –comentó Rose en tono divertido y cariñoso, rompiendo la magia del momento.

Matías se apartó, se pasó una mano por el pelo y se dio cuenta de que no recordaba la última vez que había perdido el control así.

Capítulo 5

RUBORIZADA, Georgina se apartó de un salto. No se sentía capaz de mirar a Rose a los ojos, y mucho menos de mirar a Matías, así que clavó la vista en el suelo deseando que se la tragase la tierra.

—Bien hecho —murmuró Matías.

Luego la hizo entrar en casa detrás de su madre, que había ido en dirección al salón charlando animadamente y pensando… Georgina no quería imaginarse lo que debía de pensar. En cualquier caso, seguro que no se imaginaba que en un par de semanas su relación se habría terminado.

—¿Qué?

Georgina se detuvo y lo miró. Rose estaba preguntándoles qué tal habían pasado el día y a ella no le apetecía tener que empezar a inventarse historias.

—Creo que hemos conseguido convencer a mi madre de que todo va sobre ruedas. No habría podido ponerse más contenta al ver que te besaba. Tu actuación ha sido impecable, Georgie.

Matías apartó la mirada y ella sintió que se quedaba en blanco y que tenía que hacer un gran esfuerzo para que su mente volviese a funcionar.

Matías no había querido que su madre abriese la puerta y los viese discutiendo, así que la había besado para hacerla callar.

Y había funcionado.

El único problema era que ella le había devuelto el beso como si hubiese sido real. Se había entregado a él en cuerpo y alma y había abierto la puerta a sentimientos que, al parecer, seguían vivos dentro de ella.

De repente, se sentía humillada y tuvo que respirar hondo varias veces antes de contestar.

—Gracias. A tu madre no le habría gustado nada vernos reñir.

—Cuando me has devuelto el beso he tenido la impresión de que me besabas de verdad…

Ella se echó a reír. Para Matías seguía siendo la vecina de al lado, no se había convertido en Cenicienta de repente… y su príncipe azul no iba a aparecer de pronto, locamente enamorado de ella…

—No te emociones, ya te he dicho que no eres mi tipo…

—¿No se te ha ocurrido pensar que puedes sentirte atraída por un hombre que no es tu tipo?

—No. Prefiero abordar mis relaciones con la cabeza, no con el cuerpo. En especial, después de lo ocurrido con Robbie… que, como me has recordado antes, fue el mayor error que pude cometer.

—Pues yo tenía la impresión de que en ese caso te habías dejado guiar más bien por la cabeza…

Georgina se ruborizó.

Matías cambió de postura y se pasó una mano por el pelo. La miró, estaba completamente rígido.

–No te preocupes, que no me voy a lanzar a tus brazos, Matías –le dijo ella con impaciencia.

–¿Y qué te hace pensar que eso me pueda preocupar?

Se hizo un incómodo silencio entre ambos. Georgina no entendía qué le había querido decir Matías con aquello. ¿Estaba coqueteando con ella?

Lo miró boquiabierta y él le pasó un dedo por el labio inferior, haciendo que se sintiese… confundida. Sorprendida, excitada, avergonzada… y también asustada. Porque estaba en un territorio desconocido e inesperado.

Él no apartó el dedo. Al contrario, se acercó más y le acarició el rostro con toda la mano.

–No entiendo… qué es… lo que quieres decirme… –balbució Georgina.

–Mentirosa. Lo sabes muy bien.

Matías sonrió lentamente. Se tomó su tiempo. Se apoyó en ella muy despacio y, en esa ocasión, la besó con ternura y delicadeza. Ella suspiró de placer mientras cerraba los ojos y le devolvía el beso. Estaba perdida y no lo podía evitar.

Sus brazos actuaron como su cuerpo quería que lo hicieran, lo abrazó por el cuello y se apretó contra él. Y sus pechos se irguieron contra el sujetador.

Georgina deseó que Matías la acariciase. Y deseó acariciarlo ella también. Deseó que desapareciese todo lo que se interponía entre ambos y sentirlo de verdad.

Lo deseó tanto que se sintió aterrada.

No tenía ni idea de lo que estaba ocurriendo porque era la primera vez en su vida que se sentía así.

Dio un grito ahogado y lo empujó. Él retrocedió de inmediato, pero siguió mirándola con sus bonitos ojos grises.

—Esto no forma parte del trato —protestó Georgina.

Se cruzó de brazos y lo miró a los ojos. Se preguntó si Matías pensaba que era tan irresistible que estaba seguro de que iba a derretirse entre sus brazos.

—Esto es una… mentira. En la que, si no recuerdo mal, accediste a participar porque te veías obligado a ello, para no decepcionar a tu madre. No es real.

—Pero no se trata de eso, ¿verdad? —ronroneó Matías.

—Entonces… ¿de qué… se trata?

—De deseo —murmuró él.

Aquella palabra no podría haber sido más erótica ni más devastadora. Más clara.

—No lo entiendo —añadió Matías en voz baja, sensual—, pero te deseo.

—No —susurró Georgina—, no me deseas. ¡Te saco de quicio! ¿Cuántas veces me lo has dicho? ¡Tú y yo no tenemos nada en común! ¡Somos como el agua y el aceite! Y no se te ocurra decirme que los polos opuestos se atraen porque no es que seamos polos opuestos… es que somos tan distintos que podríamos proceder de planetas diferentes.

—Es extraño, ¿verdad?

—¿No tienes nada más que decir?

—Solo estoy siendo sincero —respondió él, encogiéndose de hombros—. ¿Qué más da que seamos distintos? ¿Qué tiene eso que ver con que deseemos irnos a la cama, mesa o sofá más cercano y arrancarnos la ropa? No estamos confundiendo fantasía con realidad, Georgie. No se trata de que tengamos o no una relación de verdad. No, esto es mucho más elemental. Te veo y quiero hacerte mía.

—¡Matías... para!

—¿Por qué? ¿Te estoy excitando?

—¡No! ¡No te deseo! ¡Estás equivocado!

La desesperación de su voz era patética, pero continuó.

—¡Tu madre nos está esperando! Yo... Va a venir en cualquier momento. Y va a querer saber qué está pasando...

—No va a venir —le aseguró Matías en tono suave y ligeramente divertido—. Nos va a dejar solos para que nos divirtamos. ¿Por qué crees que nos ha mandado a la playa? ¿Por qué piensas que ha insistido en que durmamos juntos?

—¡Pues no nos va a encontrar haciendo nada juntos! Olvídate de ese beso.

—¿Por qué? —le preguntó él con las cejas arqueadas.

—Porque yo no soy como tú, Matías. Yo no tengo relaciones de una noche.

—¿Lo has probado alguna vez?

—No me hace falta. Sé cuando algo no es para mí.

—¿Prefieres dibujar en tu mente al hombre perfecto y esperar a ver si la realidad se adapta a las exigencias de tu cabeza?

—No hay nada de malo en saber lo que una quiere en una pareja.

—¿Y cómo te funcionó eso la primera vez, Georgie? ¿Cómo te ha funcionado desde entonces?

—Eso no es justo.

—Lo sé —admitió Matías—. Perdóname, pero en ocasiones hay que olvidarse de lo que uno tiene planeado y tomar lo que uno quiere.

—Yo no. Robbie no era la persona adecuada. Sé que me dejé llevar por la opinión de mis padres, y sé que desde Robbie no me he atrevido a salir con nadie, pero pienso que es lo normal después de lo que me ocurrió. No obstante, eso no significa que tenga que hacer algo solo porque… porque…

—¿Porque te apetece?

Matías se encogió de hombros y se apartó de ella. Georgina quiso que volviera, tenerlo más cerca, y luchó contra el impulso de ser ella la que se acercase a él.

—Que algo te apetezca no significa que tengas que ir a por ello. No soy una niña en una tienda de caramelos.

—Siempre te has empeñado en ser seria, en no disfrutar de todo lo divertido que tiene la vida.

Georgina se dio cuenta de que, en realidad, a Matías le daba todo igual.

Se sentía atraído por ella y era consciente de que la atracción era recíproca, no tenía sentido intentar negarlo.

Pero de ahí a acostarse con él…

¡No podía hacerlo!

—¡Que te rechace no significa que no me guste divertirme! Matías, eres… el hombre más egoísta que he conocido en toda mi vida.

—Está bien.

—¿Está bien? ¿No tienes nada más que decir?

—¿Qué más quieres que te diga, Georgie?

—Nunca te has sentido atraído por mí —le dijo ella, poniendo los brazos en jarras, pero asegurándose de no levantar la voz para que Rose no los oyera.

Matías la miró con la cabeza inclinada hacia un lado, pensativo.

—Porque siempre te has esforzado en ser fastidiosa, Georgie. Te has empeñado en vestirte como una hippy con una causa por la que luchar. ¿Por qué no le has sacado nunca partido a tu aspecto?

—¿Cómo te atreves?

—Has sido tú la que has empezado con esta conversación. No finjas sentirte insultada ahora que no te gusta el camino que está tomando. Eres una mujer muy sensual, pero nunca me había fijado en ti porque siempre has escondido tus voluptuosas curvas debajo de esa ropa.

¿Sensual? ¿Voluptuosa? Georgina no daba crédito a lo que estaba oyendo, pero no podía evitar derretirse por dentro. Su cuerpo la estaba traicionando, respondiendo a los superficiales cumplidos de Matías como si fuesen de verdad.

—Solo tienes una cosa en mente cuando miras a una mujer, ¿verdad? —inquirió Georgina.

Aquello no pareció molestarlo lo más mínimo.

–Podríamos seguir dando vueltas en círculo eternamente, Georgie.

La agarró del brazo y ella se apartó como si hubiese sufrido una descarga eléctrica.

–Por mucha privacidad que quiera darnos mi madre, antes o después sentirá curiosidad y saldrá a ver si nos ha pasado algo.

Lo que dejó la conversación a medias. Georgina había intentado zanjarla, pero no había podido. Le había dicho a Matías que no le interesaba una aventura con él, pero la sensación que tenía no era de satisfacción.

Georgina pasó el resto de la tarde en un constante estado de agitación. Era como si la hubiesen metido en una lavadora en el momento del centrifugado. Todas las ideas preconcebidas que había tenido sobre Matías eran falsas y tampoco sabía qué pensar de los preciados principios morales que había tenido hasta entonces con respecto a las relaciones.

No podía dejar de pensar en todo lo que Matías le había dicho.

Cada vez que Matías la tocaba, se estremecía. Su voz profunda y sexy le causaba escalofríos. El orgulloso ángulo de su cabeza y la belleza de su rostro le provocaban pensamientos prohibidos.

Y no tardarían en marcharse de allí los dos juntos. Matías iba a pasar la noche en su casa. En otra habitación, pero… La idea de estar a solas con él después de lo que le había dicho, con la atmósfera tan cargada entre ambos, la aterraba.

Participó en la conversación de manera casi ausente.

Hasta que oyó que Rose le preguntaba por la sesión de fotos.

—¿Cómo crees que van a salir las fotografías de mis zanahorias y de mis espárragos?

Estaba sonriendo a Matías.

—No sabes el talento que tiene —le explicó—. Y siempre hace todo lo posible por promocionar nuestros productos.

—He visto algunas muestras de su trabajo —le respondió él, mirando a Georgina—. Es increíble.

Ella se ruborizó, complacida y avergonzada al mismo tiempo. Y se lanzó a hablar de la cocinera que la había contratado para la sesión de fotos.

—En cualquier caso —terminó, pensando que por fin tenía una excusa para no pasar el día siguiente con Matías—, la sesión es mañana y tendré que pasar la tarde en su casa enseñándole las fotografías, escuchando sus opiniones. Así que…

Se giró hacia Matías y le sonrió. Él arqueó las cejas sin inmutarse.

—Será la oportunidad perfecta para que te pongas al día con todo ese trabajo que me has dicho que tienes pendiente… —continuó, y después se giró hacia Rose—. Es un adicto al trabajo… A veces tengo que obligarlo a que apague el ordenador. Como no cambie esa costumbre vamos a terminar muy mal. Es la típica cosa que estropea una relación. Ya sabes lo que nos gusta a las mujeres que nos presten atención… y un hombre enamorado de su trabajo… Bueno…

Rose la miró pensativa.

—Podrías llevarte a Matías mañana, estoy segura de que a Melissa no le importará conocer a tu novio, Georgie. Y Matías… Georgie tiene razón, las relaciones se basan en el compromiso. Te vendría bien verla en acción.

—Pero va a hacer mucho calor —protestó Georgina—. Y además vive en lo alto de una colina y a mí me gusta ir andando para hacer ejercicio, pero a Matías no le gusta nada andar.

—Podría empezar mañana —respondió Matías sin inmutarse—. No creo que sea una colina demasiado empinada. Tal vez no sea capaz de subir el Everest, pero estoy en forma como el que más, cariño, como bien sabes.

Rose parecía encantada. Matías, divertido. Y Georgina… no podía más, aunque sabía que se estaba comportando como una tonta.

Al fin y al cabo, Matías no iba a ir detrás de ella como un adolescente persiguiendo a la reina de la fiesta. Podía tener a la mujer que quisiera y, si la deseaba a ella porque en esos momentos estaban muy cerca e iba vestida de manera menos informal de lo habitual, eso no tardaría en cambiar.

—Buen intento —fue lo primero que dijo Matías de camino a su casa—. Soy un adicto al trabajo con el que vas a terminar mal porque, mientras que tú quieres que te dedique tiempo, yo solo me dedico a trabajar…

Hacía una noche húmeda y tranquila. Georgina mantuvo las distancias, pero aun así podía sentir la presencia de Matías cerca.

–Es verdad. Eres un adicto al trabajo… Solo he dicho algo que es obvio.

–Pero se ha notado mucho que querías deshacerte de mí mañana. ¿Te pone nerviosa la idea de que estemos los dos juntos en la misma casa?

–¡No! Ya te he dicho que no creo en… en…

Georgina vio su casa y se sintió aliviada. Habían decidido ir andando en vez de en coche y estaba deseando llegar para encerrarse en su dormitorio y que él se metiese en la habitación de invitados que le había preparado.

–¿El sexo sin compromiso? No te preocupes, no voy a llamar a tu puerta en mitad de la noche…

Eso provocó que a ella se le llenase la cabeza de imágenes peligrosas.

–Y también te dejaré tranquila durante el día, para que hagas lo que tengas que hacer, porque tienes razón, tengo que trabajar. Me voy a acercar a Padstow, donde llevo pensando comprar un negocio desde hace un par de meses. Así que relájate. Nunca me han atraído las mujeres que se resisten.

Llegaron a la casa y él se apoyó en la puerta mientras ella la abría y entraba delante de él. Como Matías no terminaba de entrar, Georgina se giró hacia él.

Su mirada era fría.

—Estaré listo a las seis para dar ese paseo del que tal vez no sea capaz porque solo me dedico a sentarme en la parte trasera del coche para que me lleven de un lado a otro.

—Matías…

—Buenas noches, Georgie. Que duermas bien en tu cama vacía.

Y, dicho aquello, desapareció en dirección al despacho del padre de Georgina, que estaba en la otra punta de la casa, dejándola sola, para que pasase la noche dando vueltas en la cama, preguntándose en qué parte de la casa estaría él y si estaría pensando en ella. Cuando se durmió era más de medianoche.

Al día siguiente, Georgina se dedicó casi únicamente a trabajar. Tal y como le había dicho Matías el día anterior, él se había marchado, pero su ausencia no alivió el alboroto que tenía en la cabeza, que todavía se agitó más cuando lo vio aparecer en la puerta de su estudio, sin previo aviso, poco después de las seis.

Ella estaba preparada para marcharse y había decidido no ponerse ropa femenina. Había demasiada humedad en el ambiente y el camino hasta la casa de Melissa sería todavía más duro si se vestía de manera frívola.

Él también iba vestido con unos vaqueros desgastados, un polo de manga corta gris oscuro y botas de andar. Durante unos segundos, Georgina se olvidó de todo y se limitó a mirarlo, era tan guapo... pero después se recuperó y empezó a recoger todo lo que tenía que llevarse: la tablet, la carpeta y la cámara, todo metido en una mochila impermeable que Matías enseguida le arrebató.

–Yo lo llevaré –le dijo–. Soy más fuerte de lo que parezco.

Sonrió y ella le devolvió la sonrisa, aliviada al ver que, al parecer, habían logrado una tregua. Ella, que se había pasado la vida discutiendo con Matías, sentía de repente que no quería tenerlo lejos.

Matías la siguió hasta su viejo coche y, una vez dentro, se giró a mirarla.

–Háblame de tu amiga Melissa.

Estaba serio y parecía interesado de verdad, y Georgina lo odió. Se preguntó cómo iba a afrontar aquel cambio. Echó de menos que la mirase con el interés con el que un hombre miraba a una mujer. Echó de menos sentir que se derretía al oír su voz.

Le preguntó qué tal le había ido el día, decidiendo ser educada, igual que él, pero, cuando aparcaron el coche y echaron a andar por la colina, en dirección a la casa de Melissa, la conversación se terminó porque hacía demasiado calor.

Por una vez, Georgina se sintió demasiado cansada para disfrutar del paisaje que los rodeaba. Normalmente recorría el camino despacio, pero en aquella ocasión se sintió aliviada al llegar y ver que les abrían la puerta de la casa.

Melissa estaba completamente en armonía con

su entorno. Era evidente que Georgina no se había fijado en eso y él tampoco habría tenido tiempo para fijarse en la excéntrica imagen de la cocinera dos meses antes. Le habría recordado demasiado a su pasado.

Pero en los últimos días todo había cambiado. Estaba volviendo a conectar poco a poco con su madre y eso implicaba escucharla y que ella le contase las idas y venidas de su vida diaria, detalles que él no había conocido hasta entonces. En esos momentos podía entender que Georgina hubiese decidido contar aquella mentira piadosa que los había colocado donde estaban en esos momentos, y no se arrepentía de formar parte de ella.

Georgina se puso a trabajar y se olvidó del tiempo hasta que Matías apareció en la puerta de la cocina.

—Creo que las dos deberíais venir aquí a ver algo —dijo.

Georgina levantó la vista y parpadeó. Tardó un par de segundos en reaccionar, pero, al igual que Melissa, supo a qué se refería Matías. Ambas estaban acostumbradas a los cambios de tiempo en aquella parte del mundo y miró a su amiga con preocupación.

—¡Lo sabía! —exclamó Melissa, poniéndose en pie, estirándose y recogiéndose la larga melena en una cola de caballo—. Esta tarde he hablado por teléfono con mi hermano y le he dicho que estaba haciendo demasiado calor y había demasiada humedad.

Se echó a reír y fue hacia la puerta de la cocina.

–Quedaos aquí los dos. Yo voy a subir al piso de arriba a comprobar que todas las ventanas están cerradas.

–Melissa… –respondió Georgina, poniéndose en pie de un salto–. Tenemos que marcharnos…

El cielo se iluminó con un relámpago y pocos segundos después se oyó un trueno tan fuerte que Georgina se sobresaltó. Se acercó a Matías, que estaba cerrando la puerta de la cocina y las ventanas porque estaba empezando a llover con fuerza.

Ella corrió hacia la ventana y miro hacia afuera. Un manto de lluvia cubría el horizonte. El cielo, que había estado azul durante semanas, se había puesto negro. El viento era huracanado. Ya no podían bajar andando hasta el coche.

–No merece la pena preocuparse por el tiempo –comentó Matías a sus espaldas.

Se miraron a los ojos en el reflejo del cristal mientras en el exterior se desataba la tormenta. Georgina se estremeció y, durante unos segundos, no pudo apartar la vista de él.

–Matías, no lo entiendes… –le dijo, pasando por su lado y girándose después a mirarlo.

–Está lloviendo, ¿y qué? –respondió él, encogiéndose de hombros–. Se me había olvidado lo rápidamente que ocurre eso aquí.

–Es un desastre… –murmuró ella.

Matías estaba allí como si no tuviese ninguna

preocupación en la vida, pero iba muy poco a Cornualles y no recordaba lo virulentas que podían llegar a ser aquellas tormentas. Él vivía en la ciudad, donde el tiempo era mucho más clemente.

—Tienes que reconsiderar tu definición de la palabra «desastre» —le dijo él, dejando su vaso en el fregadero antes de girarse a mirarla.

Entonces volvió a entrar Melissa en escena.

—¡Todas las ventanas están cerradas! —gritó contenta—. ¡Nunca había visto nada igual! Aunque tenía que habérmelo imaginado. Estaba haciendo demasiado calor y todo el mundo decía que iba a haber tormenta.

—Hablar de una tormenta es quedarse corto, ¿no? —le respondió Georgina esbozando una sonrisa y siguiendo a su amiga hasta la nevera para sacar todo lo necesario para preparar la cena.

—¡Es tremendo! —añadió Melissa, mirando hacia donde estaba Matías—, pero no te preocupes.

Le guiñó un ojo.

—Los que vivís en la ciudad tenéis que ver cómo es la vida en esta parte del mundo. Ahora, apartaos los dos, os voy a cocinar una cena gourmet y después podréis instalaros en la habitación que os he preparado.

Capítulo 6

MELISSA les había preparado una habitación…

Se suponía que eran pareja, así que Georgina no podía contarle a su amiga lo mucho que la horrorizaba la idea de compartir habitación con Matías. ¿Qué pareja joven dormía separada?

Melissa se habría echado a reír si le decía que prefería no dormir con él, habría pensado que le estaba tomando el pelo. Vivían en un pueblo. ¿Cuánto tardaría todo el mundo en enterarse de que la pareja de enamorados se comportaba como si fuesen dos desconocidos?

Era un riesgo que no podían correr…

Así que Georgina casi no pudo disfrutar de la cena que Melissa les había preparado. Hizo los comentarios que se esperaban de ella y alabó los ingredientes utilizados para la preparación, que habían sido proporcionados por Rose, producidos en su granja.

Sabía que Matías estaba comportándose de manera especialmente encantadora. A pesar de ser despiadado e incapaz de sentir ninguna emoción, también podía ser persuasivo y, al final de la velada, con la lluvia todavía golpeando los cristales, sin ninguna esperanza de que pudiesen salir de allí y bajar andando hasta el coche, Melissa era un miembro más de su club de fans.

—Es increíble —le susurró a Georgina mientras subían las escaleras—. Sinceramente, Georgie, estaba empezando a pensar que no ibas a recuperarte nunca.

—¿Increíble? —repitió ella—. Me sorprende que digas eso. Es la persona menos relajada y tranquila que conozco. Además, se pasa el día trabajando y solo tiene tiempo para hacer dinero.

—¡Lo sé! —respondió Melissa sonriendo—. Y me encanta que, a pesar de eso, no haga alarde de ello. Es estupendo encontrar a un hombre honesto. Además, nosotras también somos adictas al trabajo, a nuestra manera, ¿no crees?

—¿Qué quieres decir?

Georgina no se podía creer lo que estaba oyendo, a ese paso, iban a canonizar a Matías esa misma noche.

—Bueno, no sé tú, pero a mí me cuesta mucho salir de la cocina. Charlie siempre se queja de que no vamos al cine ni de excursión porque siempre estoy intentando idear algún plato nuevo. Y tú eres una esclava de la cámara. ¿Cuántas veces me has contado que te has pasado un sábado entero mirando fotografías y trabajando?

—Eso es diferente —le respondió Georgina, incómoda.

—No, no lo es. Es fantástico que hayas encontrado a tu alma gemela. Es evidente que entre vosotros hay una conexión especial.

Llegaron a la habitación de invitados y Melissa abrió la puerta.

Lo único que pudo ver Georgina fue la cama de matrimonio.

—Sé que te gusta tener espacio… —dijo Georgina, girándose hacia Matías–. Seguro que a Melissa no le importa que duermas tú aquí solo, porque la cama es muy pequeña. Matías necesita espacio…

Miró a su amiga, pero sin mirarla a los ojos, sintiendo de nuevo lo difícil que era mentir.

—¿Verdad, cariño? Es que no para de moverse en la cama —le explicó a Melissa.

No iba a compartir cama con él. En especial, teniendo en cuenta la tensión que había entre ambos. ¡Imposible!

—Tú roncas —replicó él–, y no me quejo.

—¡Me encanta! —exclamó Melissa, mirándolos con los ojos muy brillantes–. Me encanta que os sintáis tan cómodos el uno con el otro.

—No quiero decepcionar a nuestra anfitriona —comentó Matías, zanjando la conversación.

Se acercó a Georgina y puso un brazo alrededor de sus hombros. Su calor hizo que ella perdiese el control.

—Os he dejado toallas encima de la cama —añadió Melissa antes de marcharse a su propia habitación–. Hay agua caliente y… Georgina, te he dejado una de mis camisetas en el baño y puedes utilizarla si quieres…

Georgina se había quedado pálida. Matías se había acercado a mirar por la ventana, para ver cómo seguía lloviendo, y a ella le costaba pensar. El hecho de que él pareciese estar tan tranquilo la enervaba todavía más.

La puerta se cerró detrás de Melissa y Georgina se cruzó de brazos y lo miró horrorizada. Él, por su parte, no parecía tener la más mínima preocupación. No parecía incómodo con la situación.

–Olvídalo –le dijo.

–¿El qué? –preguntó ella.

–Hacer el papel de virgen escandalizada. Yo no he hecho nada para que cambie el tiempo y tu amiga ha sido muy amable al ofrecernos una habitación en la que pasar la noche. He llamado a mi madre y se lo he contado.

–¡No te he visto hacerlo!

–Porque estabas demasiado preocupada dándole vueltas a la idea de tener que compartir habitación conmigo.

Matías se estaba desabrochando la camisa y ella devoró su pecho con la mirada. Se le aceleró el pulso. Sintió que se iba a quedar sin respiración.

–¿Por qué piensas que ha sido? –murmuró él–. ¿No me crees capaz de controlarme después de haber admitido que me gustas? ¿No me crees cuando te digo que nunca le ruego a una mujer que se meta en mi cama?

Georgina balbució algo. Sabía lo que quería decir, la persona que quería ser, pero no era capaz.

Estaba demasiado nerviosa y su lenguaje corporal lo decía todo.

—Por supuesto que te creo. ¡No se trata de eso!

—Tal vez no confíes en ti misma. ¿Es eso, Georgie? ¿Piensas que si estás demasiado cerca de mí no vas a poder controlarte?

—¡Esa es la mayor estupidez que he oído en mi vida! ¡No se puede ser más egocéntrico!

—Así soy yo, ¿no? Diga lo que diga, haga lo que haga, soy un cretino egocéntrico y siempre lo seré, ¿verdad?

A Georgina no le gustó oír aquello porque no era verdad. Tal vez en el pasado hubiese pensado así de él, pero las cosas habían cambiado. Al fin y al cabo, Matías no era un mal hijo que nunca visitaba a su madre y que solo se preocupaba de hacer dinero.

Lo había visto interactuar con Rose y había vislumbrado al hombre vulnerable que había detrás de la fría máscara. Matías la había hecho reír con su sentido del humor y su ingenio y la había sorprendido con su inteligencia y conocimientos.

Cuando ella no lo provocaba para que discutiesen, Matías le dejaba ver al hombre que ella siempre había sabido que era, muy en el fondo. El hombre que todavía conseguía cautivarla. Además, era muy atractivo y Georgina nunca se había sentido así… En resumen, que no era ni arrogante ni egoísta.

Tuvo que ser sincera con él.

—No eres así.

Matías la miró con sorpresa.

–¿Qué quieres decir?

–Que pensaba que eras de otra manera –se explicó ella, incómoda, humedeciéndose los labios con nerviosismo, pero decidida a contarle lo que pensaba de él–. Pensaba que eras frío y que no tenías sentimientos porque venías muy poco por aquí. Pensé que eras otro tipo arrogante al que solo le interesaba hacer dinero y ser rico, sin más, pero tú no eres así. Te he visto con Rose y…

Se ruborizó y tuvo que dejar de hablar.

–¿Y qué? –le preguntó él.

–Tienes detalles con ella… y la ayudas cuando piensas que lo necesita. Eres atento. Pienso que tienes la sensación de estar acercándote a tu madre y que quieres intentar acortar la distancia que había entre vosotros. Alguien arrogante y egoísta nunca haría algo así.

Georgina se preguntó si habría hablado demasiado. La expresión de Matías era fría y distante. Era imposible adivinar lo que estaba pensando.

–Y te he visto cómo miras la casa, buscando qué necesita sustituirse o repararse, sin que Rose se dé cuenta. Así que no, no eres un cretino egoísta. Aunque…

–¿Aunque…?

–Sigues teniendo la autoestima demasiado alta. Así que, si tenemos que compartir habitación, no quiero que te muevas de tu lado de la cama.

Georgina se cruzó de brazos y levantó la barbilla.

Matías se echó a reír y después desapareció en el baño.

No tenían ropa para cambiarse. Georgina vio la camiseta que Melissa le había dejado, junto con unos pantalones cortos de algodón. Ambos eran de la talla de una mujer mucho más delgada, pero no tenía elección.

No sabía cuánto tiempo iba a tardar Matías, pero la idea de darse una ducha justo después de él hizo que se le erizase el vello.

Así que salió de la habitación y fue de puntillas hasta el cuarto de baño que había en el pasillo. La casa era pequeña, pero estaba muy bien equipada y bien decorada, aunque Georgina estaba demasiado nerviosa como para admirar los azulejos, el espejo ornamentado que había encima del antiguo lavabo o la bañera.

Melissa debía de estar en el piso de abajo, experimentando en la cocina. Georgina sabía que su amiga se acostaba tarde. No obstante, se dio una ducha rápida y volvió al dormitorio antes de que Matías terminase.

La camiseta de Melissa se le pegaba a los pechos y los pantalones no le servían.

Se metió en la cama con todas las luces de la habitación apagadas y cerró los ojos con fuerza. Su corazón estuvo a punto de dejar de latir cuando oyó que se abría la puerta del cuarto de baño y salía Matías, que se metió en la cama, a su lado. La habitación estaba a oscuras y la lluvia seguía golpeando los cristales, creando una situación extrañamente romántica.

Georgina tuvo la esperanza de que Matías dijese

algo, que hiciese un comentario sarcástico, irritante o divertido. Algo. Pero no lo hizo.

Se tumbó de lado, haciendo que el colchón se inclinase y que ella tuviese que hacer un esfuerzo por mantenerse donde estaba. El silencio de Matías era asfixiante. Georgina se preguntó si estaría dormido y se quedó escuchando su respiración y la suya propia…

Georgina no supo cuándo se había quedado dormida, pero sí supo cómo se despertó.

La habitación todavía estaba a oscuras y ella se sintió desorientada durante unos segundos. Seguía lloviendo, pero no tan fuerte. Necesitaba ir al cuarto de baño, así que juró entre dientes y fue de puntillas, con mucho cuidado, porque no quería encender ninguna luz.

No podía haberse esforzado más en no hacer ruido, pero el sonido de la cisterna y del agua del grifo al lavarse las manos retumbó como las campanas de una iglesia un domingo por la mañana.

Así que volvió a la cama en tensión, con la mirada clavada en el bulto inerte que había en ella, casi sin respirar, pero tropezó con una prenda de ropa que había en el suelo, se tambaleó y cayó hacia delante.

Tuvo un segundo de consternación y después ya vio a Matías, que había salido de la cama, había encendido la luz y se había puesto en cuclillas delante de ella antes de que le diera tiempo a decirle que estaba bien.

Georgina sintió tanta vergüenza que no se atrevió a mirarlo.

–¿Qué ha pasado?

–¡Nada! No ha pasado nada –respondió ella, incorporándose y poniendo gesto de dolor–. He ido al baño. Siento haberte despertado, pero no quería dar la luz.

–Deja que te eche un vistazo.

–¡Vete! ¡Vuelve a dormir!

–No seas tonta, Georgie.

Georgina no respondió. Era consciente de que llevaba muy poca ropa puesta y la camiseta le quedaba pequeña. Por no mencionar que estaba en ropa interior porque ni siquiera había podido meterse los pantalones de Melissa. Era consciente de que sus piernas, sus muslos y sus pechos estaban al descubierto. Nunca había sido tan consciente de su propio cuerpo.

Se incorporó de un salto y volvió a caer dando un grito de dolor.

Ya no protestó cuando Matías la levantó en volandas y la llevó a la cama, dejándola encima con sumo cuidado, como si fuese a romperse. También tuvo el detalle de apagar la luz del techo, aunque después encendió la de la lamparita que había junto a la cama.

Georgina mantuvo los ojos cerrados mientras Matías le examinaba el pie, presionando en varios lugares y preguntándole si le dolía.

–Sobrevivirás –le dijo en tono seco.

Ella lo miró. Solo llevaba puestos los calzoncillos. Era tan guapo que estuvo a punto de desmayarse. Tenía el corazón acelerado y sabía que él se había dado cuenta porque también parecía estar muy tenso.

Matías se dio la vuelta.

—Matías… —lo llamó ella.

—¿Qué…?

—Nada.

—¿Nada? En ese caso, bajaré a trabajar un rato —le dijo él sin mirarla—. Así podrás dormir tranquila y no tendrás que salir a hurtadillas si necesitas utilizar el baño.

Empezó a vestirse y Georgina lo observó en silencio, sintiéndose segura bajo la ropa de cama.

«Tal vez no quiera que te marches… Tal vez no quiera dormir tranquila… Tal vez no pueda dormir tranquila ni hacer nada tranquila teniéndote cerca… Tal vez, solo tal vez, esté harta de luchar contra esto que hay entre nosotros y que, para mí, ha estado ahí siempre…».

Deseó decirle todo aquello, pero no lo hizo.

Apretó los puños, contuvo la tentación y guardó silencio.

Él no tardó en marcharse. Se vistió con rapidez y salió de la habitación sin mirar atrás, y, cuando la puerta se hubo cerrado, Georgina se dejó caer sobre la almohada y cerró los ojos.

Sabía que todavía era muy temprano. Sabía lo que vería fuera cuando amaneciese. La tormenta habría transformado el paisaje en un triste lago gris.

Pero estaba allí.

Y Matías también estaba allí.

Él nunca le rogaría, ni intentaría convencerla.

Ella no le importaba nada, aunque la viese de manera diferente y estuviesen obligados a pasar tiempo juntos.

Era solo una novedad. No tenían nada que ver el uno con el otro. Y ella no podía tener más motivos para no hacer lo que estaba a punto de hacer.

Salió del dormitorio y bajó las escaleras, dejándose llevar por su cuerpo.

Conocía la casa y sabía dónde encontrarlo. En el despacho de Melissa o en la cocina. Se decidió por la segunda y dio en el clavo. Allí estaba él.

Georgina se detuvo en el umbral de la puerta y contuvo la respiración. Tenía el corazón acelerado. Matías estaba mirando por la ventana, por la que solo se veía el exterior cuando había algún relámpago.

Todavía estaba medio desnudo, aunque se había puesto los pantalones vaqueros. Su espalda era musculosa y morena, preciosa.

Georgina se acercó y supo que él había sentido su presencia porque se había puesto tenso y después se giró despacio.

—¿Qué estás haciendo aquí? —le preguntó Matías, rompiendo el silencio.

No estaba trabajando, estaba a oscuras. Georgina se preguntó si habría estado pensando. Tal vez en ella.

Y se aferró a aquella idea porque le daba el valor necesario para estar allí.

Él se dio cuenta de lo que quería.

Se acercó y bajó la vista a sus pechos, enfundados todavía en la camiseta demasiado pequeña. Después levantó la vista a sus ojos.

—¿Y bien?

Dio otro paso más hacia ella, lentamente.

—¿Quieres beber algo? ¿Agua?

—No podía dormir —le respondió Georgina en un susurro, acercándose a él.

—¿No?

Matías se detuvo muy cerca y ella supo que tendría que dar el último paso. Él había puesto sus cartas encima de la mesa, le había dicho que la deseaba, y ella lo había rechazado. En esos momentos tenía la sartén por el mango y aquella era su manera de decirle que, si quería algo con él, tendría que ser ella la que se acerce.

Georgina se dijo que estaba allí y que iba a hacerlo.

—No, es que he pensado…

—Pensar puede ser peligroso en ocasiones.

—Muy peligroso —dijo ella, acercándose más y apoyando una mano en su pecho—. Porque he pensado en ti, en que te deseo. Matías, sé que eres un hombre peligroso, pero quiero saber, necesito saber…

Se interrumpió y dudó un instante, pero no apartó la mano.

—¿Quieres saber lo que es hacer una escapada al lado salvaje?

—Más o menos —murmuró ella en tono inaudible.

Separó la mano de su pecho sintiendo que Matías iba a rechazarla, pero él se la agarró y la acercó a su cuerpo un poco más, lo suficiente para sentir el calor de su aliento en la cara.

—Tienes razón, Georgina, soy peligroso. Y lo que estás haciendo en estos momentos… se llama jugar con fuego.

—Lo sé —admitió ella—, pero tal vez haya vivido demasiado tiempo con cautela, sin correr ningún riesgo. Y tal vez eso sea lo más sensato, pero a veces es demasiado aburrido. No cumples ninguno de los requisitos que son importantes para mí…

—¿Y a quién le interesa eso?

—A mí —le dijo ella—. Sobre todo, después de Robbie. Tuve la sensación de haberme colado a través de la red. Tienes razón. A mis padres les parecía bien y yo supongo que, en esos momentos, era algo importante para mí. Al fin y al cabo… llevaba toda la vida sin cumplir sus expectativas. O eso sentía yo. Nunca había sido lo suficientemente inteligente, así que cuando llegó Robbie y les pareció bien, pensé… pero…

«Pero tú siempre estuviste ahí. Y tal vez intenté escapar de eso con Robbie».

Pensó que, quizás, si hacía aquello, si daba aquel paso, si hacía el amor con aquel hombre, después podría olvidarse de él. Lo desconocido siempre era atractivo y Matías era algo desconocido para ella, pero, si lo conocía mejor, se daba cuenta de que no era lo que quería, dejaría de soñar con él.

—¿Y después?

—Después todo salió mal y yo me dije que jamás volvería a cometer el mismo error, que la siguiente vez saldría con alguien que fuese para mí. Alguien que tuviese todas las cualidades que yo busco. Alguien como yo.

—¿Pero ahora te gusta la idea de jugar con fuego…?

—¿Tú has jugado con fuego alguna vez?

—No en el sexo –murmuró Matías–. He estado al borde del abismo un par de veces, pero me gusta tener las cosas claras cuando se trata de mantener relaciones. Tenemos que subir a la habitación, Georgie. Necesitamos una cama…

Sus miradas se encontraron, solo se oía de fondo el ruido de la lluvia en los cristales y Georgina sintió que algo cambiaba en su interior. Se dijo que aquello era lo que ocurría cuando uno tomaba una decisión y ya no había marcha atrás.

Entonces, ¿iba a correr el riesgo? Aquella relación falsa era lo más parecido a una aventura que había vivido en muchos años. Aquel hombre que tenía delante era lo más emocionante que le había pasado todavía en más tiempo. No era la persona adecuada para ella y no intentaba fingir lo contrario. Ella le atraía porque… Georgina no sabía por qué, pero, al parecer, le gustaba… Y a ella le gustaba él. Le encantaba. Siempre había sido así.

Podía luchar contra aquella atracción, pero aquel era su momento. Si le daba la espalda, Matías no miraría atrás, pero ella se quedaría siempre con la duda. Él no, pero ella, sí. Matías quería una cama y ella también.

Pero antes…

Pasó las manos por sus muslos, tocó su erección

y se sintió fuerte y poderosa. Apoyó la mano en ella y notó que Matías se estremecía, aunque no se movió durante unos segundos. Después la agarró del pelo y le hizo levantar el rostro.

–Piénsatelo bien –le advirtió–, porque vas a salir de tu zona de confort. Mi madre piensa que tenemos una relación, pero nosotros sabemos la verdad…

–Lo entiendo, Matías. Sé que esto no es real. No te preocupes, no me voy a confundir ni me voy a engañar –le respondió.

–Vamos arriba –dijo él, con la respiración entrecortada–. Necesito quitarme los pantalones. Necesito sentirte… probarte… amarte… Quiero estar dentro de ti, Georgie, no puedo esperar más.

–Matías…

–Sí…

La besó apasionadamente, hasta dejarla sin respiración.

–Me encanta cuando dices mi nombre así… como si me desearas tanto como te deseo yo a ti… Te haría mía aquí mismo, encima de la mesa de la cocina, pero tendremos que dejar esa aventura para cuando tengamos más intimidad.

Se apartó de ella y la devoró con la mirada.

–Por el momento… vamos arriba…

Capítulo 7

SUBIERON las escaleras en silencio, pero deprisa, cualquier posible ruido quedó ahogado por los golpes de la lluvia del exterior y, cuando por fin cerraron la puerta del dormitorio, se estremecieron de impaciencia.

—Necesito verte —dijo Matías, encendiendo una de las lámparas, que bañó la habitación con un suave resplandor—. Quiero ver tu maravilloso cuerpo mientras te hago el amor.

Tras haber sucumbido a la tentación, Georgina pensó que aquello le sabía a fruta prohibida. Miró a Matías mientras se acercaba a ella, arqueó la espalda cuando la tocó y, durante unos segundos, ambos se quedaron en silencio.

—Pues no tengo precisamente cuerpo de modelo —murmuró ella entonces.

—No —dijo él, empujándola suavemente hacia la cama.

—Y a ti te gustan las modelos.

—¿Esa opinión está basada en el seguimiento que me has hecho a lo largo de los años?

Georgina se ruborizó, y él se rio suavemente y le dio un beso en la comisura de los labios.

–Estás preguntándote si debes decirme que soy un cretino egoísta…

–El que se pica…

Georgina sonrió con nerviosismo. Notó la cama en las piernas y se dejó caer.

Matías se quedó de pie y empezó a desabrocharse los pantalones vaqueros.

Ella tenía los brazos separados y el pelo extendido sobre la almohada. Él se quitó los pantalones y la ropa interior y ella tomó aire al ver que Matías se acariciaba la erección.

Aturdida por el deseo, Georgina descubrió una faceta de sí misma que no había conocido hasta entonces. Una parte de ella sin inhibiciones, que quería tocar, lamer, probar, sentir su propia excitación.

La formalidad con la que había vivido toda la vida se había visto reemplazada por el deseo y el atrevimiento. Y ella se había convertido en una mujer que quería explorar cada centímetro del hombre que se estaba tumbando en la cama a su lado.

–Llevas demasiada ropa –le dijo Matías, empezando a desvestirla con prisa, tirando de sus pantalones y llevándose con ellos la ropa interior, y después, la camiseta.

Se quedó mirándola fijamente, con adoración, y Georgina pensó que lo deseaba tanto que no podía respirar.

–Dios mío –murmuró él–. Eres preciosa, tan sexy… ¿Dónde has estado toda mi vida?

Era solo una manera de hablar, pero a Georgina

le encantó oír aquello. «Aquí… siempre he estado aquí…», deseó contestarle.

Era una situación tan erótica que no podía estar más excitada. Matías se sentó a horcajadas encima de ella y le apartó el pelo para poder recorrer a besos su cuello y disfrutar de sus gemidos de placer.

Se movía de manera pausada e intensa, sensual. La tocaba con delicadeza, pero ella sabía que se estaba controlando.

Matías empezó a besarla y le acarició el vientre, pero ella deseó que le acariciara los pechos.

—Eres preciosa —murmuró.

Georgina sonrió y ambos se miraron.

—No lo dices en serio.

—Yo nunca miento.

—No, de hecho, te da igual el efecto que tus palabras puedan tener en otras personas, ¿verdad?

—La vida es muy dura —le respondió Matías, mirándola de manera indescifrable—. De niño todo mi afán era apartarme del idealista modo de vida de mis padres y así fue como descubrí que lo que importa es centrarse en lo tangible. Pensar demasiado en abstracto solo crea problemas.

—¿Te refieres al amor?

—Interfiere en lo que es importante en la vida.

—¿Y qué es importante en la vida?

—Estamos hablando demasiado —le dijo él, evitando responder a su pregunta y sonriendo de medio lado—. No te rindes nunca, ¿verdad? Yo no amo, Georgie. Es mi cabeza la que rige mi vida. Siempre ha sido así y siempre lo será. Sé de primera mano lo que ocurre cuando empiezas a dejarte llevar por las emociones. ¡Me estás mirando como si acabase de cometer un crimen!

Se echó a reír.

—Ahora, dejemos de hablar, deja que te complazca… No tienes que ponerte nerviosa conmigo.

—No lo estoy —mintió Georgina.

—¿Quién miente ahora? Te has puesto tensa. Puedo sentirlo.

—No quiero que me utilicen. Físicamente.

—No te voy a utilizar —le respondió él con sinceridad—. Y puedes estar segura de que me gusta tu cuerpo… es muy sexy… Cualquier hombre podría perderse en estas curvas… No sé cómo decirte todo lo que te quiero hacer…

—Yo no tengo mucha experiencia.

—No busco experiencia.

Matías no pudo esperar más y le acarició un pecho, jugó con su pezón erguido, notó cómo se endurecía todavía más entre sus manos. Estaba a punto de tener un orgasmo solo de acariciarla y eso lo sorprendió.

—Matías…

—Shh…

—Es la primera vez que hago esto —le dijo ella.

Y Matías se quedó completamente inmóvil.

Ella contuvo la respiración y deseó poder retirar sus palabras. Nunca había deseado tanto a otro hombre, pero no sabía si él iba a querer hacerle el amor a una mujer inexperta.

Georgina nunca le había dado mucha importancia

al hecho de no haberse acostado nunca con un hombre. No le había seducido la idea de ir probando por ahí y, cuando había conocido a Robbie, no había querido precipitarse con él. Había preferido tomarse su tiempo y se había alegrado de que él tampoco hubiese intentado convencerla de lo contrario. En esos momentos era consciente de que Robbie no se había sentido tan atraído por ella, y viceversa. Ambos se habían metido en aquella relación por los motivos equivocados. No obstante, en esos momentos...

—¿Quieres decir...?

—Que no lo he hecho antes. Robbie y yo... —se interrumpió, avergonzada, y apartó la vista.

Matías la hizo girarse para que lo mirase y ambos quedaron tumbados de lado.

—Pero lo vuestro iba en serio...

—Lo sé —admitió ella con un hilo de voz.

En esos momentos deseaba no haber abierto la boca. Tal vez Matías no se habría dado cuenta de que era virgen. Ella habría fingido... se habría contenido aunque hubiese sentido dolor con la penetración. Se sentía como una tonta.

—Pero el sexo no es lo más importante —añadió.

—Claro que es importante. ¿Y después de Robbie...? ¿No ha habido nadie que te haya tentado entre las sábanas?

—He estado muy ocupada —murmuró ella, sintiendo que le ardía el rostro.

Respiró hondo y le dijo:

—Lo entenderé si decides que no quieres continuar.

—¿Qué me estás diciendo?

—Que estás acostumbrado a mujeres increíblemente bellas, que han perdido la virginidad en la adolescencia…

—Seré el primero para ti —le dijo Matías, maravillado.

De repente, la deseó todavía más.

—Voy a ser sincero contigo.

—Por supuesto.

—Nunca había estado tan excitado en toda mi vida.

Se le pasó por la cabeza que, a una mujer sin experiencia, que sabía tan poco de las artes amatorias, podía ser fácil romperle el corazón, pero recordó que Georgina le había asegurado que él no era su tipo, y que aceptaba las reglas de aquel juego, y eso acabó con sus dudas.

Aquello era una flor de un día. Una flor maravillosa. Para los dos. Cuando se terminase, cada uno tomaría su camino. Ella conocería al hombre de su vida, por supuesto. Además, si perdía la virginidad con él, tendría cuidado. Otros no lo habrían tenido. Matías sabía cómo eran muchos hombres.

—¿De verdad?

—De verdad. Y ya basta de hablar.

Haría lo posible por ir despacio.

Georgina disfrutó de su cuerpo delgado y fuerte, bronceado y poderoso. Cuando Matías se volvió a sentar a horcajadas sobre ella y notó su erección, se sintió maravillada… nerviosa… y asustada al mismo tiempo.

Pensó que no entendía que nunca hubiese sentido curiosidad por el sexo antes. Porque en esos momentos no podía sentir más. Se sentía viva por primera vez en su vida.

—¿Estás disfrutando de las vistas? —le preguntó Matías en tono de broma.

—Es muy grande… —murmuró ella con sinceridad.

Él se echó a reír y la hizo girar para colocarse enfrente de ella.

Después, se puso serio.

—No tengas miedo. Voy a tener cuidado, y tu cuerpo está hecho para acoger a un hombre como yo. Relájate y disfrutarás. Te lo prometo.

La besó, besó cada centímetro de su rostro con suavidad. Si Georgina estaba nerviosa, sus caricias la fueron tranquilizando y, cuando pensó que no podía más, Matías se metió uno de sus pechos en la boca y ella deseó gritar. Él le mordisqueó el pezón con cuidado, se lo chupó, y después pasó al otro pecho.

La dejó inmóvil cuando lo único que quería Georgina era retorcerse. Después metió un dedo entre sus muslos y le acarició el clítoris.

Georgina no pudo aguantar. Nunca se había sentido tan bien. Sintió un intenso placer, separó las piernas y se movió contra su cuerpo, arqueó la espalda y él continuó besándole los protuberantes pechos.

Era evidente que Matías sabía qué tenía que hacer con el cuerpo de una mujer, cómo excitarla, cómo hacer que se retorciese de placer.

Georgina se apartó de aquel devastador dedo y empezó a darle placer a Matías, como él había hecho con ella. La inexperiencia la hizo dudar, pero la necesidad de sentirlo fue todavía mayor.

Tomó su sexo con las manos y, arrodillándose, se lo metió en la boca. Matías se estremeció de placer y ella se dio cuenta de que no podía resistirse a lo que le estaba haciendo.

Notó cómo todo su cuerpo se tensaba mientras ella continuaba acariciándolo y aprovechó ese tiempo para que su cuerpo se enfriase un poco, solo un poco.

Le encantó oírlo gemir, que la agarrase del pelo… Todo en él le gustaba.

Pasó la lengua por su erección y él gimió en voz alta.

—Por favor, Georgie… —murmuró—. No consigo pensar con claridad cuando me haces eso.

Ella se apartó para responderle:

—Mejor.

—Esto está saliendo tal y como tenía que salir —respondió él en tono divertido, haciendo que se tumbase en la cama—. No tenemos ninguna prisa.

Ella lo miró de manera coqueta, encantada, y apretó su cuerpo contra el de él.

—Estoy desesperada por ti —gimió.

—Por si no te habías dado cuenta —respondió él—, el sentimiento es mutuo.

Matías buscó en su billetera y juró entre dientes justo antes de encontrar un preservativo.

Georgina pensó, satisfecha, que el Matías frío y

distante había desaparecido. Le temblaban las manos mientras abría el envoltorio y se ponía la protección.

La penetró con cuidado y ella supo que estaba haciendo un enorme esfuerzo de autocontrol. Fue entrando en ella poco a poco, parándose cuando notaba que Georgina se ponía tensa, y avanzando un poco más cuando se relajaba.

—Me estás volviendo loco —admitió.

Ella gimió y él entró más y después empezó a moverse cada vez más deprisa.

Georgina puso gesto de dolor, pero la sensación de malestar enseguida se vio reemplazada por una exquisita. Antes de aquello la erección de Matías le había parecido demasiado grande, pero lo cierto era que encajaba en su cuerpo a la perfección.

Sin que sus cuerpos se separasen, Matías consiguió que ella estuviese encima, con los pechos cerca de su boca. El cuerpo de Georgina se movió de manera instintiva y la experiencia le resultó increíble. Sabía cómo moverse, cómo frotarse contra él, hasta que la sensación fue tan abrumadora que no pudo resistirse más.

El orgasmo la golpeó con fuerza. Se oyó gritar y arqueó la espalda, y supo que él también estaba llegando al clímax porque podía sentir su tensión. Luego se dejó caer encima de su cuerpo, completamente saciada.

Matías fue el primero en romper el silencio.

—Ha sido… increíble.

Aturdida, Georgina se hizo un ovillo contra él y

disfrutó de su calor y de la fuerza de su cuerpo. Aquel era un sueño hecho realidad. Así era como lo sentía. Era peligroso, sí, pero se sentía bien. Tenía ganas de subirse al tejado de la casa y gritar que había sido increíble, que ya estaba completa.

—Estupendo —dijo ella, sonriendo contra su cuello.

—No te pases —comentó Matías en tono irónico, mirándola de manera cariñosa.

—No. De todas maneras, tu ego ya es demasiado grande, Matías Silva. No necesitas que yo te lo hinche todavía más.

—Supongo que esa es tu manera de decirme que has notado cómo la tierra desaparecía de debajo de tus pies —le dijo él, mordisqueándole la oreja y pasando una mano por su cuerpo.

Fuera la lluvia había aminorado. Y con aquel suave ruido de fondo, ambos empezaron a hacerse preguntas. La principal... ¿qué iban a hacer después?

—Me voy a dar una ducha —fue lo único que se le ocurrió a Georgina cuando la cabeza empezó a darle vueltas—. Lo mejor será que durmamos un rato y... mañana... Bueno, una nunca sabe qué tiempo va a hacer aquí. No sabes cuántos días seguidos puede estar lloviendo.

—Gracias por la predicción meteorológica.

Matías sonrió y la agarró, y Georgina se dio cuenta, horrorizada, de que le encantaba que la agarrase así.

—¿Por qué quieres ir a darte una ducha? —le preguntó él.

—Porque…

—Ni se te ocurra vestirte —le dijo, acariciándole la pierna y metiendo la mano entre sus muslos—. Todavía no hemos terminado. Por cierto, ¿cómo va la sesión? Espero no haberte cansado demasiado…

—¿Qué sesión?

—Bien, ya lo has olvidado. Me imagino que ni siquiera has pensado en el trabajo. No quiero agotarte ni hacerte daño, Georgina, pero me gustaría volver a hacerlo otra vez. No sabes cómo me has hecho sentir… eres una bruja.

—Matías…

De repente, Georgina estaba dándole vueltas a sus palabras y dando rienda suelta a su imaginación a pesar de saber que aquello no podía terminar como un cuento de hadas.

Con el corazón acelerado, se apartó de sus caricias y lo miró a los ojos en la semioscuridad.

—Esto no tenía que haber ocurrido, Matías. Nos hemos dejado llevar y una cosa ha llevado a la otra. No soy del todo ingenua. Sé que son cosas que pasan.

—Es cierto, esto no formaba parte del plan, pero ha ocurrido —le respondió él, metiendo la mano entre sus muslos—. Y no intentes decirme que no volverá a ocurrir, porque tu cuerpo me está diciendo que me deseas tanto como yo a ti.

—No se trata de eso.

—¿Y de qué se trata?

—De que el hecho de que nos acostemos juntos podría traer muchas complicaciones.

–Personalmente –le contestó Matías en tono seco–, pienso que trajo muchas más complicaciones que te presentaras en mi casa para contarme que se suponía que estábamos saliendo juntos. Te he deseado y te deseo, y no me voy a dar una ducha fría y a fingir que nunca ha ocurrido.

–Entonces, ¿qué sugieres que hagamos?

Georgina dio un grito ahogado cuando Matías le acarició el clítoris suavemente con el dedo.

–No puedo pensar con claridad mientras me haces eso…

–Me alegro, porque no se trata de pensar, sino de ceder ante algo que es mucho más fuerte que nosotros dos.

–No tiene sentido…

Georgina empezó a moverse contra su dedo, su cuerpo desobedeció a su cerebro, tal y como era de esperar. Acababa de recuperarse de un orgasmo y ya podía volver a sentir que se acercaba otro.

–Es mejor que no cuestionemos esto, Georgie. ¿Qué importa que no tenga sentido? Vamos a disfrutar. Y, cuando se termine, ya nos ocuparemos de ello…

–Al menos deberíais pensarlo –les dijo Rose, moviéndose a su alrededor.

Habían ido a desayunar con ella, una rutina que habían establecido desde que habían llegado allí, una semana antes. Pasaban las noches juntos, en casa de Georgina, y gran parte del día con Rose. El tiempo pasaba muy deprisa y Georgina había preferido no pensar demasiado en lo que estaba ocurriendo.

Había tomado algunas decisiones importantes, como continuar acostándose con Matías en vez de hacer lo que la cabeza le aconsejaba que hiciese. Y, una vez tomada esa decisión, ¿qué sentido tenía seguir atormentándose con si habría hecho lo correcto o no?

Además, cada día que pasaba, Rose parecía más feliz.

Matías y ella ya no tenían que fingir, al menos, en lo relativo a su atracción física, y era posible que Rose hubiese sentido aquello.

En esos momentos, la madre de Matías estaba esperando una respuesta complicada de dar.

Matías estaba sentado en una silla, con las piernas estiradas, observando a Georgie en silencio.

—No funcionaría —le dijo ella a Rose mientras empezaba a recoger la mesa—. Quiero decir que yo trabajo aquí… No podría dejarlo todo y marcharme a… Londres. Es un lugar despiadado para el que yo no estoy preparada. Me comerían viva.

Hizo una pausa y miró a Matías con la esperanza de que este la apoyara, pero él no mordió el anzuelo.

Rose se puso seria.

—Entonces, no sé cómo vais a hacer que lo vuestro funcione —admitió, mirando a Matías—. Sé que odias que hablemos de esto, Matías, y espero que no te sientas ofendido…

Él hizo un ademán para indicarle que no pasaba nada.

–No te preocupes, mamá. No quiero que pienses que tienes que controlar tus palabras por mí.

–Bueno, pues comprendo que hayáis estado viéndoos a escondidas en Londres, ha debido de ser muy emocionante…

Hizo una pausa y miró a Georgina.

–Mucho –le confirmó ella.

–Pero después las relaciones tienen que crecer y madurar. Ahora estáis aquí y puedo ver con mis propios ojos lo bien que estáis juntos. Esto os está dando la oportunidad de conoceros mejor y conectar más. ¡No hay más que ver cómo os miráis!

Georgina miró a Matías por el rabillo del ojo. Parecía incómodo con la observación de su madre y eso hizo que ella sintiese una cierta satisfacción.

Él quería continuar con su relación porque estaba disfrutando del sexo y por ese motivo no quería romper con ella todavía. Era normal que su madre estuviese empezando a mirar más allá, hacia el futuro.

–Una relación a distancia siempre es poco práctica –continuó Rose–. No suele funcionar. Es demasiado fácil dejarse tentar por otra persona si estás lejos de aquella a la que amas.

–Cornualles no está tan lejos de Londres –comentó Georgina–. Y, si un hombre siente la tentación de estar con otra mujer porque aquella a la que ama está lejos, entonces es que no la ama tanto.

Rose conocía a su hijo, sabía que a Matías nunca

se le había dado bien el compromiso. Georgina comprendió su preocupación por la distancia, pero no podía fingir que iba a considerar la idea de mudarse a Londres.

Aquella era una buena excusa para empezar a mostrar que había desavenencias entre los dos enamorados.

Durante los últimos días había sido demasiado sencillo pensar que todo aquello tenía un cierto elemento de realidad, pero Matías y ella tenían modos muy diferentes de ver la realidad.

Para ella, la realidad era una relación basada en el compromiso, una relación con futuro. Algo mucho más allá del sexo.

Para Matías, la realidad era hacer lo que le apetecía. Sexo y diversión hasta que se aburría.

—¿No piensas que tu madre tiene razón en cierto modo? Verse a escondidas está muy bien, pero, cuando pasa la emoción del momento, ¿qué queda?

Él guardó silencio y Georgina tuvo que contener su impaciencia.

Rose salió de la cocina.

—Estás enfadada —murmuró Matías—. ¿Puedes explicarme por qué?

—¿Tú qué crees, Matías?

—Mi madre tiene razón —le dijo él—. Si quieres desarrollarte como fotógrafa deberías mudarte a la gran ciudad.

—¡Sabes que no es de eso de lo que tu madre estaba hablando!

Georgina chasqueó la lengua, molesta. ¿Cómo

era posible que Matías siguiese allí, desplomado en la silla, sonriendo de medio lado, tan guapo, sin tomarse aquello en serio? Sabía que si ya se hubiese cansado de acostarse con ella habría aprovechado aquella oportunidad para terminar con aquello.

—Es verdad —admitió.

—Tenemos que preparar a tu madre para que acepte que esto no va a terminar como ella piensa. Matías, intenta leer entre líneas. Rose piensa que lo nuestro es mucho más que una relación. ¿Por qué no me has seguido la corriente?

—Porque siempre he odiado seguir a otro.

—¡Te estoy hablando en serio! —le gritó ella con frustración.

Matías se llevó los dedos a los ojos y se los presionó, y, cuando volvió a mirar a Georgina, estaba muy serio.

—Lo sé —le respondió en voz baja—. Y te aseguro que te agradezco que intentes ser sensata, pero…

Se pasó una mano por el pelo y, por primera vez desde que lo conocía, Georgina se dio cuenta de que estaba buscando las palabras para expresar lo que sentía.

—¿Pero…? —lo alentó ella, al ver que no continuaba.

Matías se sentó con la espalda recta y se volvió a pasar la mano por el pelo.

—Pero esta farsa se nos ha ido de las manos.

—No lo entiendo…

—Mi madre estaba deprimida y yo me vi obligado a desempeñar un papel para el que no me había presentado…

—Eso lo entiendo, Matías.

No hacía falta que él le recordase que en un principio no había querido participar en aquella farsa.

—Por ese motivo… —añadió.

—Escúchame, Georgie. Pensé que, cuando mi madre volviese a estar viva, mentalmente, podríamos terminar con el juego. No había pensado que la relación con mi madre avanzaría como lo ha hecho, después de toda una vida siendo únicamente educados, siempre distantes.

Habló en voz tan baja que Georgina tuvo que acercarse para oírlo. Después de sentarse sus rodillas casi se tocaron, ella se inclinó hacia delante, con la brillante melena roja echada hacia el frente por encima de un hombro.

Él tomó un mechón de su pelo sin pensarlo y lo enredó en su dedo mientras la miraba a los ojos. Fue un gesto muy íntimo que a ella le llegó al corazón, a pesar de saber que le estaba dando más importancia de la que debía.

—Me he pasado media vida intentando alejarme de mis padres —admitió Matías a regañadientes—. Vivíamos en mundos distintos. Mi padre jamás lo habría comprendido y lo que más lamento es que eso causó una brecha entre nosotros que jamás resolvimos. Con mi madre… Bueno, supongo que he intentado resolverlo asegurándome de que no le faltase de nada.

Se encogió de hombros.

–Pero ahora nos estamos acercando, como inesperado resultado de esta farsa. Nunca me había sentido tan unido a ella. Por eso no te he seguido la corriente –continuó, sonriendo de medio lado–. Veo que te conmueve que haga semejante derroche de confidencias...

–Me parece estupendo que por fin te entiendas con tu madre... –empezó ella, intentando abordar el tema de manera diplomática, pero lo miró a los ojos y se le encogió el corazón.

Él le dio un beso en los labios.

Y así se terminó la conversación.

Capítulo 8

GEORGINA no supo si habían llegado a algún acuerdo con su precipitada conversación.

No supo si surgiría la oportunidad de fijar un plazo para que terminase su relación ni si Matías estaría dispuesto a ello, y no sabía cómo reaccionaría si ella insistía.

Lo único que sabía era que estaba hecha un lío.

No quería que aquello terminase, pero quería saber cuándo iba a terminar para poder prepararse para lo inevitable.

Y aquella sensación de debilidad la aterraba.

No se trababa solo de deseo. Tal vez hubiese comenzado así, aunque en el fondo sabía que siempre había habido más que deseo cuando se había lanzado a lo inevitable y había perdido la virginidad con Matías.

Era un hombre muy atractivo, sí, y había bastado con que la tocase para que todo su cuerpo cobrase vida, pero ella nunca se había dejado llevar por el aspecto. Lo cierto era que Matías se había ganado su corazón. Y lo había hecho sin intentarlo, mucho tiempo atrás. Que le hubiese hecho el amor había sido la última etapa de un viaje que había empezado cuando ella había sido todavía una adolescente fácil de impresionar.

Para él, sin embargo, era una más. Tenían un pasado, así que tal vez no fuese del todo igual, pero al final se estaba acostando con ella con sus condiciones, cediendo a algo que se iba a terminar porque Matías no tenía relaciones largas ni se comprometía con nadie.

Georgina pensó en la rubia del minúsculo vestido a la que él había pedido que se marchase. Y recordó que ella había puesto los ojos en blanco cuando él le había dicho a la chica que estaría mejor sin él.

Ella también estaría en aquella situación en algún momento, probablemente, cuando ya no hiciese falta continuar con la farsa. Matías jamás se enteraría de que se había enamorado de él. Georgina se estremeció solo de pensar en que pudiese darse cuenta.

—¿Dónde está tu madre? —le preguntó, frunciendo el ceño y mirando hacia la puerta por la que había desaparecido.

Matías la miró y pasó un dedo por sus labios, luego se lo metió en la boca para que se lo chupase y Georgina se estremeció.

De repente, se le quedó la mente en blanco durante unos segundos.

Estaba acostumbrándose a dejar de pensar cada vez que Matías la tocaba.

—Deberíamos ir a buscarla —balbució.

—Si insistes… —le dijo él–, aunque a mí se me ocurren un par de cosas mejores que podríamos hacer…

—¡Matías!

—¿Vas a dejar de mostrarte sorprendida al oír comentarios que son completamente inocentes? —le preguntó él sonriendo, pero sin dejar de acariciarle el cuello—. ¿O de ruborizarte? No, jamás dejarás de ruborizarte, llevas haciéndolo desde que eras una niña.

—No puedo evitarlo —murmuró Georgina—. Supongo que para ti es una novedad.

Pensó de nuevo en la rubia, tan bella, tan experimentada, tan sofisticada. Echó a andar hacia la puerta, con los dedos entrelazados con los de él, como si su cuerpo estuviese programado para seguir tocándolo siempre que le fuese posible.

—Es cierto —admitió Matías, haciendo que se detuviese y mirándola fijamente—. No he conocido a muchas mujeres que se ruboricen cuando se habla de sexo.

—¡Yo no hago eso!

—Ya te has ruborizado.

—¿Y te gusta?

—Siempre viene bien un cambio…

Su respuesta le dolió. No quería ser solo una novedad para él, quería más.

Se obligó a sonreír y le dio la espalda.

—Tampoco había hecho nunca el amor con una virgen —murmuró él, apretándose contra ella un instante y sonriendo.

—¿Has hecho otra marca en el cabecero de tu cama, Matías?

Él frunció el ceño.

—No digas eso.

—¿Por qué no? Es la verdad.

—¿Quieres discutir conmigo?

—Por supuesto que no.

Georgina bajó la cabeza, pero él se la levantó poniéndole un dedo en la barbilla para que lo mirase a los ojos.

Y ella lo miró, pero con la expresión velada, y después dijo en tono más frío:

—Ambos estamos siendo sinceros. Estamos haciendo todo esto por tu madre y yo me alegro de que esté funcionando tan bien y de que estéis empezando a estar más unidos.

—¿Y qué tiene eso que ver con que pienses que eres una conquista más porque ha sido la primera vez que me acostaba con una virgen?

Georgina no quiso seguir hablando de su virginidad. Sobre todo, porque pensar en eso le hacía compararse con otras mujeres con las que Matías habría estado. Y odiaba imaginárselo con otras en la cama. Nunca había sido celosa, pero en esos momentos no podía evitarlo.

—Ha sido solo una manera de hablar —le respondió.

—Para mí las mujeres no son meras conquistas —insistió él.

Georgina estuvo a punto de reírse al ver su expresión de indignación. Antes le había contado que, cuando estaba con alguna mujer, siempre le dejaba claras sus intenciones, siempre era sincero con ella.

No quería compromisos, ni conocer a sus padres. Y, si ella incumplía las normas, no era problema suyo.

—Será mejor que dejemos esta conversación. No nos va a llevar a ninguna parte.

Georgina abrió la puerta. La casa estaba en silencio. Matías se inclinó hacia ella y le susurró al oído:

—No eres una conquista más, y no te menosprecies haciendo ese tipo de comentarios.

—¿Quién ha dicho que me importe ser una más? —le contestó ella en tono calmado.

Él frunció el ceño con desaprobación.

—Quiero decir que, si voy a ser una más para alguien, ¿qué más me da serlo para ti?

—Esta conversación está empezando a sacarme de quicio, Georgie.

—¿Por qué?

—No pongas esa expresión tan falsa —le respondió.

—Yo solo quería decir que, si tenía que perder la virginidad con alguien, no habría elegido a ninguna otra persona en el mundo —admitió—. Eres un amante fantástico y me has dado seguridad. Así que cuando pase página…

—¿Cuando pases página…?

—Ya sabes, cuando todo esto se termine y yo continúe con mi vida…

—No me gusta especular acerca del futuro, así que no sé qué quieres decir.

—Que algún día conoceré al hombre con el que querré pasar el resto de mi vida, a un hombre que me amará tanto como yo a él y que también querrá pasar el resto de su vida conmigo, y, cuando eso ocurra, yo…

–Ya lo entiendo –la interrumpió Matías–. No hace falta que me expliques más. Y, si no pretendes empezar una discusión, no sé qué estás haciendo.

–No entiendo por qué estás enfadado.

–¿Quién ha dicho que estoy enfadado?

Matías la miró a los ojos y ella tragó saliva.

–No pienso que este sea el momento ni el lugar para entablar una conversación acerca de un hombre que todavía tiene que aparecer en tu horizonte.

–Tienes razón.

Matías frunció el ceño.

–Sí –sentenció–. Tengo razón.

–Vamos a buscar a tu madre, pero, antes, solo quiero decir que si estoy dispuesta a seguir sin mostrar señales de descontento con nuestra relación es porque por fin estás forjando un vínculo con tu madre. No obstante, en algún momento habrá que hacerlo…

–Y lo haremos –le dijo Matías–. Ahora, dejemos el tema y vayamos a buscar a mi madre, no sea que sea ella la que nos busque a nosotros y nos encuentre discutiendo.

Salieron del salón y antes de que a Georgina le diese tiempo a preguntarse por qué se había enfadado tanto Matías, si ella solo le había dicho que no se preocupase, que no se iba a enamorar de él, aunque se ruborizase y hubiese sido virgen la primera vez que se habían acostado juntos, ya estaban en la cocina.

Georgina pensó que encontrarían a Rose haciendo lo que tanto le gustaba hacer: cocinar, con la televisión o la radio encendidas, pero no.

Rose estaba sentada a la mesa, con la mirada perdida en la distancia, muy seria y tan inmóvil como una estatua.

–Iba a ir a buscaros –comentó–, pero antes quería estar cinco minutos sola.

–¿Qué ocurre? –le preguntó Matías con preocupación mientras Georgina se disponía a preparar té.

También estaba preocupada y quería sentarse al lado de Rose y agarrarle la mano, pero se dijo que en esa ocasión era Matías quien necesitaba hacer aquello.

–Acabo de hablar con el médico por teléfono –le respondió Rose tras aclararse la garganta y respirar hondo–. ¿Recordáis esas pruebas que me habían hecho? Bueno, pues, al parecer, no estoy del todo limpia.

–Voy a hablar con ese tipo y a averiguar qué ocurre.

–No, Matías –le dijo ella–. Yo puedo gestionar esta situación sola.

Georgina pensó que aquello no era cierto. Se dio cuenta de que había pánico en la mirada de Matías y sintió pena por él. Era tan fuerte y tan vulnerable al mismo tiempo… Y ella lo entendía. La floreciente relación que tenía con su madre era demasiado incipiente y él no sabía afrontar la situación. Se había acostumbrado a ser frío y distante. ¿Sería capaz de gestionar emociones mucho más profundas?

Georgina se dio cuenta de que estaba analizándolo demasiado y se preguntó si aquello sería producto de su amor.

Dejó una taza de té delante de Rose y acercó una silla.

—Entonces, ¿qué es exactamente lo que te ha dicho?

—Que me tienen que operar –le contó Rose–. Cuanto antes, mejor.

—Estás asustada –le respondió Georgina en voz baja–, y lo entiendo. Tenías la esperanza de estar curada, pero no tienes nada que temer.

Sintió que Matías la observaba. Tomó la mano de Rose y se la sujetó entre las suyas.

—Si fuese tan grave, ya habrían enviado una ambulancia de camino. ¿Lo han hecho?

Rose negó con la cabeza y se relajó un poco.

—¿Cuándo tienes que ir al médico?

—Quería darme cita para pasado mañana, pero lo he convencido para que me reciba esta tarde.

—¿Ves? –le dijo Georgina–. Pasado mañana. Apuesto a que es una operación de rutina.

Y así fue diciendo todo lo que debía decir mientras Matías participaba de vez en cuando en la conversación, pero era evidente que no le salían las palabras con facilidad.

—Es que estoy preocupada –insistió Rose–. Porque, por rutinaria que sea una operación, uno nunca sabe qué puede ocurrir. La anestesia general siempre tiene riesgos, en especial para alguien con una salud tan delicada como la mía. Y además… hay otra cosa…

–¿El qué? –le preguntó Matías.

–Que ha sido tan maravilloso veros juntos… –empezó Rose, con los ojos llenos de lágrimas–. Cuando Georgina me contó que salíais… no podía creérmelo.

Georgina se retorció los dedos, pero continuó sonriendo.

–Deberías descansar un poco –murmuró–. No esperabas esa llamada. Te puedo llevar el té a tu habitación.

–Pensaba que no podía ser verdad, pero, al veros juntos… Matías, eres mi hijo y te quiero mucho, pero sé cómo eres con las mujeres.

Matías se ruborizó.

Georgina observó divertida cómo intentaba encontrar la respuesta adecuada, sin éxito, y se pasaba una mano por el pelo. Por primera vez en su vida lo estaban reprendiendo por su comportamiento y era evidente que no sabía cómo responder.

–Te gusta la variedad. Tu padre y yo… supimos que estábamos hechos el uno para el otro a una edad muy temprana, siempre tuvimos claro nuestro amor.

–Yo… No somos iguales…

Había desesperación en la mirada de Matías y Georgina pensó que, de no haberse enamorado de él todavía, lo habría hecho en aquel momento.

–Si vas a dejar a Georgie, Matías, hazlo antes de que pase por el quirófano. Porque no creo que sobreviva si veo cómo le rompes el corazón. He rezado y cruzado los dedos por que vuestra maravillosa relación prospere, pero prefiero hacerle frente a lo peor antes de la operación a despertar de la anestesia y descubrir que habéis decidido terminar…

—¡Rose! —la interrumpió Georgina alegremente—. ¡Estoy aquí! ¡Estás hablando como si me hubiese marchado de la habitación! Puedo cuidar de mí misma en el caso de que… decidamos que lo nuestro no funciona. No deberías preocuparte por eso. Ya tienes suficiente con lo tuyo.

—Georgie tiene razón —intervino Matías—. Eso es por lo último que deberías preocuparte. En especial…

Clavó la mirada en el rostro de Georgina.

—En especial, porque estábamos esperando el mejor momento para anunciarte que nos hemos comprometido.

Georgina tardó unos segundos en asimilar lo que Matías acababa de decir. Continuó sonriendo, pero de repente notó que le ardían las mejillas.

Rose empezó a felicitarlos a los dos… empezó a hablar de un anillo… Y Matías respondió. Pero era como si estuvieran muy, muy lejos, y lo único que entraba en el cerebro de Georgina era una luz que pasaba a través de una densa niebla.

Matías llevó a su madre al piso de arriba y volvió a bajar quince minutos después. Se quedó en la puerta unos segundos antes de volver a entrar.

—No es exactamente la reacción que esperaba —comentó, sentándose enfrente de ella—. Pensé que ibas a ponerte a hablar sin parar.

—Matías… —le dijo ella, parpadeando con fuerza—.

¿Comprometidos? ¿Cómo has podido decirle a tu madre que estamos comprometidos?

–No he tenido elección –respondió él sin parpadear–. Ya la has oído. Está aterrada con la operación que, por cierto, es para que le pongan un marcapasos. Nos ve tan bien que le preocupa que yo vuelva a las andadas después de haberte roto el corazón. Me imagino que piensa que, si se prepara para lo peor, sufrirá menos.

–Así que has decidido decirle que nuestra relación es todavía más seria…

–Admito que he hecho lo mismo que te acusé de hacer a ti cuando te presentaste en mi casa y me contaste que le habías dicho que salíamos juntos. Te he implicado en algo que no habías previsto, pero es temporal y va a ayudar a mi madre a superar este escollo…

Georgina no se podía creer que estuviesen comprometidos, Matías Silva y ella. En otras circunstancias habría sido un sueño hecho realidad, pero, en aquellas, era una complicación que no podía comprender.

–¿Cuál es el problema? –le preguntó Matías–. Has visto cómo ha reaccionado. Mi madre nunca me había hablado de mis decisiones. Yo sabía que no las aprobaba, pero ha sido la primera vez que me lo ha dicho…

Sacudió la cabeza y miró a Georgina.

Ella se sintió perdida durante unos segundos. Jamás había pensado que vería a aquel Matías. Matías estaba confiando en ella, le estaba contando cosas que jamás contaría a nadie y que, probablemente, ni siquiera se había admitido a sí mismo.

Su vocecita interior le susurró: «Un compromiso fingido… con un hombre del que estás enamorada… un hombre que, por primera vez, se está abriendo…».

Era difícil no sentirse privilegiada.

También era peligroso. E intentó no pensar que tal vez Matías sintiese por ella más de lo que él mismo sabía.

—Es una señal de lo mucho que os habéis conocido en tan poco tiempo –murmuró, pensativa–. Confía en ti lo suficiente para contarte lo que está pensando.

—Bueno, volvamos al asunto que nos ocupa.

Matías se puso en pie y se acercó a la ventana, cerrando la puerta a las emociones. Y Georgina deseó poder volver a abrirla. En cambio, se puso en pie también y empezó a recoger las tazas.

—¿Al asunto que nos ocupa? –le preguntó.

—Los anillos.

—¿Qué?

—Que hay que comprar uno.

—¿Por qué?

—Venga ya, Georgina, todas las mujeres comprometidas llevan uno.

Se acercó a ella, tomó su mano y la estudió con la mirada.

Ella la apartó.

—¿No pensarás ir tan lejos? ¿No se te ha ocurrido pensar que si algún día llevo un anillo será uno que signifique algo? Será la declaración de intenciones de un hombre que pretenderá casarse conmigo algún día.

—No —le dijo Matías, yendo hacia la puerta—. Mi madre me ha recomendado una joyería. Yo, personalmente, preferiría ir a Londres, pero tal vez un anillo comprado aquí tenga más significado.

—¿Pero has oído lo que has dicho?

—Sí. ¿Me estás diciendo que no quieres seguir adelante con esto?

—No… Veo el lado positivo, pero he pensado que debías saber que…

—Lo entiendo. Venga, vamos. Seguro que en un par de horas está hecho. Mi madre tiene cita con el médico a última hora de la tarde y quiero acompañarla. Si te ve con el anillo irá más animada.

Volvía a ser el antiguo Matías. Seguro de sí mismo, con el control de la situación y de sus emociones.

A pesar de haber pasado casi toda su vida adulta fuera de Cornualles, Matías todavía conocía las calles como la palma de su mano y, cuarenta y cinco minutos después, ya estaban en la joyería.

Detuvo el motor delante de una bonita casa que estaba entre una tienda de vestidos de novia y otra de zapatos.

—A pesar de su preocupación, mi madre ha sido capaz de darme la dirección de este lugar.

—¿Emily Thornton? —preguntó ella—. ¿Sabes lo cara que es?

—¿Sabes tú lo poco que me importa? —replicó él, alargando la mano para abrirle la puerta por dentro–. Te veo muy tensa. Esto es solo parte de nuestra farsa.

–Ya sé que no significa nada…

–En ese caso, no deberías estar nerviosa. Ahora, vamos a ver qué tiene que ofrecernos la mejor joyería del estado.

Georgina intentó recordarse que, tal y como Matías le había dicho, aquello era parte de su farsa mientras inspeccionaba la selección de anillos que les habían sacado.

Nada tenía precio… Todo era de calidad y se le secó la boca al señalar el anillo más llamativo.

–Qué curioso… –murmuró él–. Jamás me habría imaginado que elegirías ese.

Georgina se encogió de hombros, pero tuvo la sensación de que Matías le leía el pensamiento, prefería escoger un anillo que le gustase en el momento de hacerlo con un hombre que le importase de verdad. Aunque aquello no era del todo cierto, pero había decidido que iba a jugar a aquel juego con tanta frialdad como él.

Se lo probó y la joven vendedora no escatimó en alabanzas acerca de lo bonito que era y de lo bien que había escogido, pero Matías le preguntó:

–¿Por qué no te pruebas ese otro, cariño?

Y le quitó el anillo que se había puesto.

–Personalmente, pienso que ese diamante tan grande engarzado en oro no es lo que mejor le va a tu delicado dedo.

Sus miradas se encontraron y entonces Matías escogió el anillo que más le gustaba a Georgina.

–A ver este… –tomó su mano y se lo puso–. Mucho mejor. Nos lo llevamos.

Matías pagó y ella clavó la mirada en los delicados hilos de oro rosa entrelazados y en los pequeños diamantes que los salpicaban.

Bajó la mano porque cuando miraba el anillo todo le parecía demasiado real.

–Ahora –dijo Matías mientras salían de la joyería–, iremos a recoger a mi madre y la llevaremos al médico.

No hubo el más mínimo rastro de romanticismo en sus palabras. Había dejado de actuar nada más salir de la joyería y una vez en el coche se puso a hablar por teléfono en inglés y en italiano.

Georgina clavó la vista al frente y se sobresaltó cuando él comentó:

–Ese anillo tan llamativo no habría engañado a alguien tan astuto como mi madre.

–Yo pienso que podríamos haber esperado. Podrías haberle dicho que preferíamos ir a comprar el anillo a Londres.

–¿Y privarla del placer de saber que hemos encontrado algo aquí? Ya sabes cómo es mi madre con lo de comprar en las tiendas de la zona. Y tengo que admitir que tiene cierta razón, sobre todo, en lo relativo al anillo.

Sin apartar la vista de la carretera, le agarró la mano, se la levantó y miró el anillo.

–¿Te gusta?

–Está bien.

–Te lo puedes quedar cuando esto se haya terminado.

–¿Por qué iba a querer hacer algo así?

–Considéralo un pago a los servicios prestados
–dijo él, encogiéndose de hombros–. Y, si te resulta
ofensivo, me lo puedes devolver. En cualquier caso,
ya solucionaremos ese tema cuando sea necesario.

Georgina pensó que, cuando se ponía en su faceta de hombre de negocios, no había nadie que lo
ganara.

Y se sentó encima del anillo durante el resto del
trayecto. Después recogieron a Rose y la llevaron al
hospital, donde la estaba esperando su médico.

Era evidente que estaba nerviosa.

–Todo va a ir bien –le aseguró ella.

Y se alegró de que Rose se agarrase al brazo de
su hijo cuando salieron del coche.

Lo último que necesitaba en esos momentos era
preocuparse por su hijo y por la relación que tenía
con ella.

Georgina se preguntó si Rose pensaría que si
Matías volvía a las andadas también volvería a dis-
tanciarse de ella.

Mientras esperaba a que Matías y Rose salieran
de la consulta, no pudo evitar pensar en los peligros
inherentes a aquella situación que ella tanto deseaba que fuese real. Se preguntó cuánto tiempo
más duraría la farsa… y cuánto tiempo seguirían
acostándose juntos. No se sentía capaz de acabar su
aventura. Deseaba tanto a Matías que estaba dispuesta a aceptar lo que él le ofreciese. Y se odiaba

a sí misma por haberse convertido en otra más de aquellas mujeres que la habían precedido.

Después se preguntó cómo llevarían una relación a distancia…

Y fantaseó por primera vez con la idea de mudarse a Londres. Sabía que era una tontería, que jamás se marcharía de Cornualles para perseguir su sueño de ser para Matías algo más que una aventura, pero si tenía que hacerlo…

Tenía la mirada clavada en el anillo cuando oyó pasos, levantó la vista, y vio que se trataba de Matías y su madre.

—Ya está todo organizado para pasado mañana —le contó Matías, posando la mirada en el anillo de compromiso primero y en sus mejillas sonrojadas después.

—He pensado que, cuanto antes, mejor —le explicó Rose más animada—. Nunca he creído en la sanidad privada, pero tengo que admitir que es un alivio saber que no tengo que esperar semanas para que me operen. Y, tal y como ha dicho Matías, cuanto antes esté operada, antes podré empezar a disfrutar de los preparativos de la boda. Eso, si a ti no te importa que me meta, Georgie. Supongo que tus padres también querrán venir… Alison se va a poner loca de contenta. ¡Ya me contarás cómo reacciona! Supongo que querrás llamarla lo antes posible. Es maravilloso, ¿verdad?

Capítulo 9

HE ESTADO pensando…

Georgina no miró a Matías mientras empezaba a hablar, se dedicó a colocar la chaqueta del traje que él había dejado en la encimera de la cocina y la corbata, que estaba en el suelo. La chaqueta debía de ser muy cara y la corbata era de seda.

Había descubierto que Matías trataba su ropa con la indiferencia de alguien que sabía que podía comprar ropa nueva cuando se le antojase. No obstante, Georgina no podía aceptarlo.

—¿Has estado pensando…? —repitió él, sentado en una silla de la cocina con las piernas estiradas.

El verano se había terminado de repente y había dado paso a un otoño gris y lluvioso. En esos momentos, una fina lluvia golpeaba los cristales de las ventanas. No era comparable a la tormenta de la primera noche que habían hecho el amor, pero daba la sensación de que no iba a dejar de llover nunca.

Olía bien. Georgina no solo hacía buenas fotografías, sino que cocinaba muy bien.

—Estás viajando mucho de Londres a Cornualles y yo… después de mi última sesión de fotos he recibido algunas llamadas de Londres e incluso de Francia. Y he pensado que tal vez podría dar un empujón a mi carrera si me voy a vivir a Londres.

Podría haber añadido que ya no era necesario que él viajase con tanta frecuencia a Cornualles. Hacía más de un mes que habían operado a Rose, que ya estaba recuperada y seguía insistiendo en que Georgina se mudase a Londres con su hijo.

–Al fin y al cabo –había dicho Rose–, Matías jamás va a venir a vivir aquí. Yo ya estoy bien y puedo estar sola, así que tenéis que pensar en vosotros.

Georgina pensó en el compromiso que se habían inventado como medida provisional. Ella no se lo había contado a sus padres porque prefería no implicar a nadie más en aquello, pero lo cierto era que Matías y ella eran amantes y todavía no habían fijado una fecha para terminar con su relación.

Así que, dada la situación, no le parecía tan mala idea irse a vivir a Londres.

–¿Está mi madre detrás de esta repentina decisión?

Algo en la voz de Matías hizo que a Georgina se le erizase el vello de la nuca y su mirada fría la alertó. No obstante, ya no podía dar marcha atrás.

–Ella no entiende que sigas yendo y viniendo. Piensa que lo normal en una joven pareja comprometida es que intente estar junta el mayor tiempo posible.

Matías se puso en pie y se acercó a la ventana, miró hacia fuera unos segundos y después se giró hacia ella. Su expresión era indescifrable.

–En circunstancias normales no me plantearía mudarme, pero, como te he dicho, me han llamado dos empresas de Londres y una de Francia. La de París quiere… reunirse conmigo…

Se interrumpió mientras él seguía mirándola en silencio y Georgina se dio cuenta entonces de que tenía el estómago encogido, como cuando había ido a verlo a su casa para contarle su plan.

–¿No es eso lo que querías oír? –le preguntó.

–No –respondió él.

–¿Por qué?

–Lo cierto es que yo también he estado dándole vueltas a ese tema.

Pasó la mirada por una cazuela que había en el fuego, por la botella de vino que descansaba encima de la mesa de la cocina, por la chaqueta y la corbata que Georgina había dejado dobladas… Todo aquello que siempre había evitado hasta entonces.

–Mi madre ya está bien. La operación ha sido un éxito, como yo preveía. Así que ya está lo suficientemente fuerte para afrontar que no va a ser madrina.

–Por supuesto que no –respondió Georgina aturdida, notando cómo su rostro palidecía por momentos–. No es lo que yo pretendía sugerir. Es cierto que tiene sentido si vamos a continuar prometidos, pero también es una oportunidad para mí.

–Todo esto es culpa mía –admitió Matías.

–No sé de qué estás hablando.

–¿No?

—No, no lo entiendo —le dijo ella en tono frío—. Ojalá no te hubiese dicho nada.

—Mira a tu alrededor —le pidió él en voz baja—. Estás cocinando para mí… recogiendo mi ropa… No sé en qué momento has empezado a intentar domesticarme.

—¡Matías, eso no es así! Y, por favor, no olvides que lo del compromiso fue idea tuya. Además, si estoy cocinando y recogiendo tu ropa es porque da la casualidad de que estás en mi casa y no me gusta verla desordenada y porque yo también tengo que comer.

Levantó la barbilla de manera desafiante y Matías la miró con apreciación.

—He dicho que es culpa mía porque eras virgen e inocente, y tenía que haber sabido que existía el peligro de que confundieras la fantasía con la realidad… y empezases a pensar en una relación para la que yo no tengo tiempo. Te deseaba y… me aproveché de la situación porque soy un sinvergüenza.

—No intentes asumir toda la responsabilidad de esto, Matías, y no pienses que yo quiero que esto sea real. Tal vez sea inexperta, pero no soy imbécil. No tenía por qué haber seguido acostándome contigo después de la primera noche. Tú hiciste lo que te apetecía, pero no te has parado a pensar que, tal vez, yo también.

—¿Es esa tu versión de los hechos?

—No estoy confundiendo la fantasía con la realidad —replicó ella entre dientes.

Era cierto. Sabía que su compromiso era mentira, pero sí que había empezado a tener la esperanza… Habían entrado en una zona de confort y ella había empezado a pensar que eso podía ser importante para él, como lo era para ella. Se había engañado a sí misma al pensar que el sexo y la complicidad que tenían significaba más de lo que, evidentemente, significaba para él.

Pero Matías se había visto, de repente, en la situación que siempre había querido evitar.

–De acuerdo.

Él sonrió de medio lado y Georgina apretó los dientes con frustración porque Matías no se había molestado en ocultar su incredulidad. Ella no tendría que haberse sorprendido, sabía cómo eran sus relaciones con las mujeres y había decidido hacer caso omiso.

No obstante, si Matías pensaba que iba a derrumbarse, estaba muy equivocado.

–Me parece comprensible que quieras romper el compromiso llegados a este punto –le informó–. Tienes razón. Rose está mucho mejor y a mí me viene bien porque así puedo centrarme en mi carrera.

–Entonces, ¿pretendes mudarte a Londres o no?

–Es posible. No lo sé –hizo girar el anillo en su dedo y después se lo quitó y se lo devolvió–. No lo quiero. La idea de quedármelo «por los servicios prestados» me provoca náuseas.

–Georgie…

Matías clavó la vista en el anillo, pero no lo tomó. En vez de eso, la miró a los ojos.

–Es lo mejor –añadió.

–Lo sé –respondió ella en tono dulce–. Ya he oído eso antes, cuando te estabas deshaciendo de la rubia.

–La situación no es la misma.

Georgina se encogió de hombros.

–Parecida. Es una ruptura… esperada, pero no hace falta que me digas eso de que no me convienes.

–No estaría mintiendo.

–Tampoco sería necesario –replicó ella–. Yo hablaré con Rose… lo dejaré caer suavemente.

–Puedes echarme a mí la culpa –murmuró Matías–. Como te he dicho, lo creas o no, la culpa la tengo yo…

–Si quieres convertirte en mártir no puedo hacer nada para impedirlo, pero debes saber que yo no te culpo, así que no es necesario que te tires a las vías del tren. No eres el malo de la película. Has construido una relación maravillosa con tu madre, no pongas eso en peligro. Yo no quiero que Rose piense que me has destrozado el corazón porque prefieres volver a tu vida anterior.

–¿Y qué le vas a decir? –le preguntó Matías.

–Que al final lo nuestro no ha funcionado, pero que vamos a seguir siendo buenos amigos.

Georgina se puso en pie sin saber cómo iban a pasar el resto de la tarde después de aquella conversación. No se veía charlando con él mientras cenaban, lo que le apetecía era gritar con todas sus fuerzas porque el vacío que sentía de repente en su interior la hacía sentirse perdida, derrotada.

–Me voy a marchar ahora mismo.

Matías le leyó el pensamiento y se puso en pie. Dudó un instante y Georgina aprovechó para hablar antes de que él la mirase con lástima y volviese a decir que aquello era culpa suya.

–Buena idea. Será lo mejor. ¿Te vas a llevar todas tus cosas? También puedo llevártelas yo a casa de tu madre.

–¿Vas a estar bien?

–Márchate, Matías. Lo último que necesito es que me digas que lo sientes mucho por mí. Estoy bien.

Él volvió a dudar, pero se dio la vuelta y salió de la cocina, dejándola allí sola, incapaz de mover un solo músculo.

Oyó cómo se alejaban sus pasos, y unos minutos después lo oyó bajar las escaleras. Oyó cómo se detenía y se debatía entre despedirse… y asegurarse de que no había metido la cabeza en el horno.

Y tal vez estuviese destrozada y fuese a derrumbarse, pero tenía claro que lo haría cuando llegase el momento adecuado, y que después volvería a reconstruir su vida. Lejos de Cornualles… y de los recuerdos.

Matías miró por la ventana de su lujoso despacho en el piso decimotercero de un edificio de cristal que representaba la cúspide de lo que su riqueza podía alcanzar. Solo unos pocos privilegiados podían permitirse el lujo de respirar la atmósfera enrarecida de aquel lugar.

Alguien estaba diciendo algo y él entendió que iba a conseguir todavía más dinero con otro contrato aún más importante que el último.

Diez días.

Habían pasado diez días desde que todo se había estropeado, diez días en los que el desasosiego se había apoderado de él. Siempre había tenido un control total sobre su vida, pero por primera vez estaba luchando por mantenerse a flote y la sensación lo estaba volviendo loco.

Había hablado con su madre, pero no había averiguado el paradero de Georgina. Había intentado marcar su número varias veces, pero al final no había hecho la llamada.

Georgina le había contado a su madre lo que le había prometido a él que le diría. Su madre, como había sido de esperar, se había disgustado mucho, y se había puesto en contacto con él para que la consolase.

—Si os habéis dado cuenta de que vuestra relación no podía funcionar —le había dicho con tristeza, cuando él la había llamado el día después de que Georgina desapareciese—, entonces lo mejor ha sido que rompieseis antes de dar otro paso más.

—Hemos hecho lo posible por que funcionase, pero yo no soy la persona más fácil del mundo… y…

Su madre lo había interrumpido para decirle que no se echase la culpa. Desde entonces, a pesar de que había hablado con ella todos los días, Rose no había vuelto a mencionar a Georgina y él tampoco le había preguntado por orgullo.

Georgina había tomado una decisión y había continuado con su vida. De todos modos, estaba mejor sin él, lo creyese o no. Porque se había dado cuenta de que Georgina había empezado a enamorarse de él. Aunque ella no hubiese querido admitirlo, no estaba ciego. Así que lo mejor había sido cortar por lo sano y si él todavía no la había olvidado era solo porque estaba preocupado por ella.

Alguien se dirigió a él directamente, interrumpiendo sus pensamientos, y se giró con el ceño fruncido.

Había seis personas sentadas alrededor de la mesa de cristal y cromo de su despacho, pero, por primera vez en su meteórica carrera, le estaba costando concentrarse en la conversación. Así que con la firmeza y agresividad por las que era conocido, anunció que la reunión se había terminado.

—Mi asistente se pondrá en contacto con ustedes mañana y mi director general, Harper, se ocupará de todo de aquí en adelante.

Ya se sentía mejor... porque estaba haciendo algo... estaba tomando las riendas de aquella incómoda situación que lo había distraído desde que Georgina se había marchado. Estaba harto de pensar.

Vio que todo el mundo recogía sus pertenencias tras un momento de confusión. Esperó, sin moverse, a que se hubiesen marchado y después llamó a su madre por teléfono.

Poco a poco se sentía más animado.

—¿Dónde está? —le preguntó en cuanto su madre hubo descolgado el teléfono.

–Cariño, cómo me alegro de oír tu voz –le dijo Rose con sorpresa–. ¿Te refieres a Georgie?

–Ya sabes que sí, y no me digas que pretendes evitar la pregunta… –le dijo él, sentándose en su sillón de piel y haciéndolo girar para poder mirar por la ventana.

–Si Georgie quisiese ponerse en contacto contigo, lo habría hecho –le dijo su madre.

–Por supuesto, pero…

–¿Pero?

Matías se aclaró la garganta.

–Yo siento que tenemos que hablar.

–¿Después de tanto tiempo?

–Diez días no es tanto tiempo. Yo… ¿Sabes qué está haciendo? Ya me conoces… Solo quiero asegurarme de que está bien. Podría llamarla yo mismo, por supuesto, pero tal vez ella no quiera…

–Es un detalle por tu parte, así que te diré que está bien, Matías. O eso es lo que me dijo cuando hablé con ella anteayer.

Hubo un breve silencio y después Matías añadió:

–¡Bien! Me alegro mucho. ¡Estupendo!

–Se fue muy contenta –continuó Rose–, aunque un poco nerviosa también. Es comprensible…

–¿Y adónde se fue? –insistió él.

–¿No te lo ha dicho? Por supuesto que no, si no habéis estado en contacto… Qué pena… Yo te lo diría, pero, si Georgie quisiese que lo supieras, te lo habría dicho ella. Tal vez ella tenga la sensación de que no te interesa.

–Mamá, ¿adónde ha ido? –volvió a preguntar Matías–. Solo quiero asegurarme de que está bien.

–Estás acostumbrado a dejar un rastro de corazones rotos a tu paso, Matías, aunque en este caso no ha sido así. Georgina me dejó muy claro que era ella la que tenía dudas.

Matías no pudo evitar sonreír. Podía imaginarse la conversación.

–¿Dónde está? Si ella está bien, tal vez sea yo quien no lo esté.

Sintió como un golpe en el vientre que lo sacudió por dentro.

–Ha encontrado un trabajo maravilloso –le contó su madre–. Se lo ofrecieron así, de repente… y ella pensó que podría hacerlo desde aquí en su mayor parte, pero, al parecer, se quedaron tan impresionados con lo que vieron que la invitaron a ir seis meses a París, a trabajar en el lanzamiento de una revista de cocina francesa provincial. Era una oportunidad estupenda.

–¿En París?

–Yo también estaba preocupada, cariño. Ya sabes que nuestra Georgie no ha viajado mucho, pero me presentó al que iba a ser su compañero allí, un hombre encantador…

–¿Un hombre encantador?

–Jacques no sé qué más. Un tipo poco convencional, pero encantador.

–¿Jacques…? –repitió Matías entre dientes.

–¿Te encuentras bien? –le preguntó su madre.

–Mejor que nunca. Espérame en casa, mamá,

que voy a ir a Cornualles. Estaré allí dentro de un par de horas.

No dio a su madre tiempo de cuestionar su decisión. Sabía lo que tenía que hacer y por qué.

Georgina se había marchado a París con un tal Jacques después de que él la dejara, como había dejado a todas las mujeres que se habían aventurado en el peligroso territorio de desear más de lo que él les podía dar. Había sido demasiado brusco con ella, no había tenido en cuenta que no era como las demás.

No obstante, ella se había mantenido serena y firme, y había negado haberse enamorado de él, pero lo había hecho y en esos momentos estaría vulnerable. Vulnerable y en París, una combinación muy mala, porque las mujeres vulnerables siempre atraían a los hombres equivocados.

¿Quién sería el tal Jacques?

Necesitaba averiguar dónde estaba Georgina exactamente y, si ella necesitaba que la rescatase, la rescataría.

Al menos ya estaba haciendo algo y eso le hacía sentirse mejor.

Eran más de las diez cuando Georgina bajó del taxi. La semana anterior había sido frenética, todo el mundo en la editorial había querido que se sintiese como en casa y ella no podía estar más agradecida.

Había necesitado aquel trabajo, así que había aceptado las condiciones y se había marchado lo antes posible para intentar aliviar el dolor de saber que Matías ya no estaba en su vida.

Le habían buscado alojamiento y todo el mundo la había recibido con los brazos abiertos.

Esa noche había cenado en un bar con tres de sus compañeros y estaba agotada. Eso era bueno, porque así no tenía fuerzas para pensar.

Para pensar en Matías, en cómo había estado con él y en que no hacía falta pasar años y años conociendo a alguien para saber que estabas enamorada. Podía ocurrir en un abrir y cerrar de ojos.

Estaba dándole vueltas a aquello cuando notó que alguien la seguía y sintió pánico.

Sin pensarlo, se giró e hizo volar su bolso con fuerza.

—¡Georgie!

Ella se quedó inmóvil, boquiabierta.

—¿Matías? ¿Qué haces aquí?

—Yo… —empezó él, sacudiendo la cabeza—. He venido a hablar contigo.

—¿De qué? No tenemos nada de que hablar y… ¿quién te ha dado mi dirección? ¿Cómo has sabido dónde estaba?

—Mi madre.

—No tenía derecho a hacer eso.

—No ha pensado que fuese un secreto de estado. Déjame entrar, Georgie. Por favor. Recuerda que tú viniste un día a mi casa y yo no te dejé en la calle.

Georgina lo miró de soslayo. Iba vestido con pantalones vaqueros negros, camiseta negra y una cazadora, estaba muy guapo.

–Pero ya ha pasado mucho tiempo, ¿no crees? –le dijo–. Te invito a un café, Matías, pero después te tendrás que marchar.

Subieron en silencio en el ascensor, Georgina abrió la puerta de la casa y entró delante de él, sin mirarlo.

Dejó su bolso y la mochila en la que llevaba la cámara en la encimera de granito que separaba la cocina del salón y se giró hacia Matías con los brazos cruzados.

–¿A qué has venido?

–No tenía ni idea de que te habías marchado del país. ¿Tienes algo de beber?

Georgina apretó los dientes y lo fulminó con la mirada.

–Café, ya te lo he dicho.

–¿Nada más fuerte?

–No.

–Me lo merezco… –murmuró él.

–Rompiste un compromiso que ni siquiera era un compromiso –dijo ella, encogiéndose de hombros–. No es para tanto.

–¿Por qué has aceptado un trabajo aquí?

Ella se ruborizó y apartó la mirada. Estaba muy tensa. No entendía qué hacía Matías allí. No podía evitar que eso le gustase, pero no quería sentirse así.

Se preguntó si algún día dejaría de tener aquel efecto en ella. Si podría encontrárselo tres años más tarde y no sentir nada.

–Me hicieron una oferta que no pude rechazar

–le respondió, bajando la mirada y disponiéndose a preparar el café.

El apartamento era nuevo, todo era nuevo en él. Era muy distinto de la casa de sus padres, donde todo era viejo.

–Pensé que ibas a ir a Londres.

–¿Qué más da? ¿Por eso has venido? ¿Te preocupa que no sea capaz de defenderme en un país extranjero?

–Nunca habías vivido en una gran ciudad –murmuró Matías.

–No me puedo creer lo que estoy oyendo –le dijo ella, dejando bruscamente una taza de café delante de él–. ¿Tan incompetente piensas que soy, Matías? Primero piensas que tienes que salir corriendo porque he cometido el error de enamorarme de ti cuando yo solo te había dicho que quería mudarme a Londres porque pensaba que sería bueno para mi carrera.

–Tal vez fuese eso lo que te transmití… –murmuró él.

–Y después –continuó ella, haciendo un esfuerzo por no gritar–, te plantas aquí, supongo que para salvarme de mí misma.

–¿He dicho yo eso?

–Más o menos, Matías. Soy una pueblerina de Cornualles, tan acostumbrada a vivir allí que la vida en la gran ciudad me va a traumatizar.

–Estás poniendo en mi boca palabras que yo no he pronunciado –respondió él, consciente de que era el mensaje que había transmitido presentándose allí sin avisar.

Había llegado el momento de dejar las cosas claras, pero se sintió completamente fuera de su zona de confort.

—¡No es verdad, Matías Silva! —le espetó ella—. ¿Has pensado que vivir en París iba a ser demasiado para mí? Pues, para tu información, me encanta vivir aquí.

—¿De verdad?

—Sí. El trabajo es muy estimulante y estoy aprendiendo técnicas nuevas. Trabajo con un equipo de personas con talento y me encanta estar en un ambiente así, en vez de sola.

—Entonces… ¿no echas de menos nada en absoluto? —le preguntó él.

Ella levantó la barbilla. No soportaba la idea de que Matías sintiese pena por ella.

—Nada —le aseguró—. Nada en absoluto.

Capítulo 10

MATÍAS dudó. Se preguntó si era así como se sentía uno frente a un precipicio. Estaba acostumbrado a controlarlo todo y no saber qué hacer era una novedad para él.

—No he venido aquí porque pensase que no podías vivir sola en la gran ciudad…

—Pues no es eso lo que me has dicho.

—Y es lo mismo que me dije a mí mismo cuando decidí venir —admitió él, incómodo.

Se puso en pie, nervioso, tenso, y paseó por la pequeña cocina antes de volver a dejarse caer en la silla.

—Me dije que estaba preocupado por ti… y que era una reacción comprensible, pero no es el verdadero motivo por el que estoy aquí, Georgie.

—Bien.

Georgina lo vio dudar y sintió que le flaqueaban las fuerzas y la determinación. Era la primera vez que veía a Matías así.

—Tenía que venir. A hablar contigo.

Georgina se cruzó de brazos y no dijo nada. Él le había dicho que el silencio siempre era una buena arma cuando uno quería que otra persona hablase.

—He estado… pensando en ti, Georgie… No he podido concentrarme…

Ella se puso tensa. Matías era un hombre al que solo le importaba el sexo, así que ya se podía imaginar en lo que había estado pensando.

—Pues has hecho el viaje en balde.

—¿Qué quieres decir? —le preguntó él, sintiendo que el suelo se movía bajo sus pies, aturdido.

—Quiero decir que no voy a volver a tener ese tipo de relación contigo.

—¿No?

—Matías… entiendo que lo que me quieres decir es que echas de menos el sexo, pero yo no estoy dispuesta a volver a eso, para que después me dejes cuando te hayas cansado de mí. Hemos roto y yo he seguido con mi vida.

—No es posible.

Georgina se echó a reír.

—¿Por qué no es posible, Matías?

—Porque yo, no, y pensaba que no era el único —balbució.

—No te entiendo —le dijo ella.

—No he venido porque eche de menos el sexo. Ni para que reconsideres tu decisión de marcharte de Inglaterra. He venido porque yo no he pasado página.

Se sentó, se pasó la mano por el pelo y, sin mirarla a los ojos, suspiró.

—No me había dado cuenta hasta ahora —murmuró.

—¿De qué? Y, por favor, sé sincero conmigo, Matías, no pretendas hacer que me sienta mejor ni intentes engañarme para que me acueste contigo. ¿De qué no te habías dado cuenta hasta ahora?

—Cuando llegaste a mi casa eras la última persona a la que esperaba ver. Nunca habías hablado de ir a Londres, no parecía interesarte el tipo de vida que yo llevaba allí, aunque…

—¿Qué?

—Que eso no me sorprendió, no me paré a pensarlo. Si lo hubiese hecho me habría dado cuenta de que tú y yo… nos conocemos de siempre.

—¿Y eso es bueno? —preguntó ella—. Matías, pensaba que a ti te gustaba la novedad. Cuando empezamos a… conocernos mejor, tuve la sensación de que yo era eso para ti, una novedad…

—Me lo merezco —le dijo él, mirándola a los ojos y sacudiendo la cabeza—. Tenía mis prioridades claras desde hacía mucho tiempo. Mis padres siempre habían vivido al día y yo odiaba eso…

Dejó de hablar, estaba explorando un terreno emocional que siempre había evitado. Se pasó los dedos por el pelo y se dio cuenta de que le temblaba la mano.

—Supongo que nunca me paré a pensarlo, pero su estilo de vida hizo que siempre desease seguridad. Sobre todo, económica. Los veía pasar de proyecto a proyecto y no me daba cuenta de que eran felices así, y de que, además, cumplían con sus responsabilidades como padres. Yo solo veía…

Sin pensarlo, Georgina alargó la mano y tomó la suya.

—Supongo que en mi paso por el internado me

convertí en una persona ambiciosa, con unas prioridades claras, entre las que no estaban las relaciones
sentimentales.

–Así que tenías relaciones cortas, una tras otra…

–Más o menos –admitió él, sonriendo de medio
lado–, pero me estoy yendo por las ramas. Creo que
necesito algo más fuerte que el café.

–Tengo vino tinto… –le ofreció Georgina, poniéndose en pie, pero él no le soltó la mano.

–Tal vez no, Georgie. ¿Podemos sentarnos en un
sitio en el que estemos más cómodos? Creo que
necesito decirte algo sin la ayuda del alcohol, pero
sentados en otro lugar.

–¿Me va a gustar lo que vas a decirme?

–Eso depende de lo que tú quieras oír.

–Entonces, esperaré a oírlo para decidir si me ha
gustado o no –le dijo ella, dándose cuenta de que
estaba empezando a perder la perspectiva.

–Cuando llegaste a mi casa aquella primera vez
fue algo natural. Supongo que podría empezar con
eso. Tu plan era una locura, pero también muy generoso. Generoso e impulsivo. Te dije que no porque estaba acostumbrado a tener siempre el control,
pero después decidí aceptar…

–Lo primero que hiciste fue comprarme ropa
nueva –comentó Georgina sonriendo.

–No pude resistirme a ti –le dijo Matías sin
más–. Intenté convencerme de que eso no tenía
nada que ver con la atracción que sentí por ti desde
el principio… Y tú me confiaste tu virginidad sin
darle demasiada importancia al tema. Para mí fue

muy importante, aunque no me diese cuenta en ese momento. Aunque no fuese capaz de ver que era un privilegiado…

Georgina se puso tensa, no quería hablar de ese tema. No quería sentirse vulnerable. Era una mujer independiente y no podía sucumbir a la tentación de lo que Matías le estaba diciendo.

—Pero te asustaste cuando comenté que quería mudarme a Londres —le recordó.

—Reaccioné de una manera muy predecible —admitió él—. Fue como si todo se me amontonara en la cabeza de repente: el falso compromiso, las trampas de la vida doméstica…

Ella se ruborizó.

—Yo nunca intenté ponerte trampas —le dijo.

—Pero lo hiciste sin querer, de repente, empecé a ir y venir de Londres a Cornualles, a quitarme la chaqueta y tirarla, y a aceptar que tú la recogieses y la colgases. Y…

Sonrió de medio lado.

—Y empecé a aceptar todo aquello sin rebelarme contra ello. Entonces te vi mirar el anillo de compromiso… como si fuera real… y tal vez fue entonces cuando me di cuenta de que… me gustaba. Me gustaba volver a tu lado, tenía ganas de verte, de tocarte, de abrazarte, de hablar contigo… Pero, de repente, no sé… me cerré. Es difícil deshacerse de los viejos hábitos. Me había acostumbrado a dar por hecho que el amor no era para mí y tuve que romper el compromiso y escapar. Me dije que era lo mejor.

—¿Tenías ganas de verme y de hablar conmigo?

–Habías conseguido domarme y yo ni siquiera me había dado cuenta. El caso es que me asusté y tuve que huir lo más rápidamente posible.

–No lo sabía… –murmuró ella con el corazón acelerado.

–¿Cómo ibas a saberlo? No lo sabía ni yo…

–Nunca pensé que acabaríamos acostándonos juntos, pero me gustó tanto, Matías, me sentí tan bien… Después me di cuenta del motivo, de por qué no había dudado a la hora de perder la virginidad contigo… porque te amaba.

Él separó los labios para hablar.

–No digas nada, por favor. Deja que termine yo. Estar comprometida contigo, aunque no fuese real, era un sueño hecho realidad. No me gustaba, pero no podía evitarlo. Y después empecé a pensar que nos llevábamos muy bien… y fantaseé con la idea de que tú te dieses cuenta de que no era solo en la cama. Y lo más extraño era que yo ya sabía que iba a terminar con el corazón roto, pero me daba igual.

–Y ahora, aquí estamos otra vez.

–No me puedo creer que hayas venido hasta aquí, pero me alegro.

–Tenía que hacerlo, estoy enamorado de ti.

Georgina había soñado muchas veces con oír aquellas palabras y sintió calor por dentro, como si hubiesen encendido una vela en su interior.

Él alargó los brazos para sentarla en su regazo y la besó. Fue un beso tierno y suave, un beso que hizo que Georgina se derritiese por dentro… que no quisiese que terminase jamás.

Luego, Matías se apartó y le preguntó:

–Entonces, ¿te quieres casar conmigo?

–¿Te hace falta preguntármelo? Seguro que ya conoces la respuesta. Piénsalo, Matías Silva –le contestó, abrazándolo por el cuello–. Y no olvides que ya me regalaste el anillo de compromiso de mis sueños…

Georgina oyó el coche de Matías en la gravilla y le dio un vuelco el corazón, como le ocurría siempre.

Miró a su alrededor para comprobar que todo estaba perfecto: las velas, la mesa.

Había preparado tres recetas fantásticas de la revista de cocina francesa para la que había trabajado.

Su tiempo en París parecía formar parte de un pasado muy lejano y era normal, habían ocurrido muchas cosas desde entonces.

Había pasado seis meses allí y Matías, que también tenía una oficina en París, se había quedado con ella.

Después habían vuelto a Londres y habían empezado con los preparativos del gran día con la ayuda de Rose.

Y el gran día había sido perfecto, rodeados de amigos, familiares y compañeros de trabajo.

Se habían casado en Cornualles y habían ido de luna de miel a las Maldivas.

Y después habían vuelto a Londres y se habían instalado en Richmond, zona que estaba cerca de Londres, pero no en el centro.

La casa era enorme y tenía jardín. Y ya llevaban cuatro meses viviendo en ella y…

Georgina miró a su alrededor, satisfecha, y después miró hacia la puerta, donde estaba el hombre de sus sueños. Él se había quitado el abrigo y se estaba remangando la camisa blanca. Arqueó las cejas y comentó:

—Dime que no se me ha olvidado una fecha importante.

Y le dio un beso.

—No.

—¿Entonces…? —preguntó, mirando la mesa y las velas.

—Quería el escenario adecuado para contarte lo que te tengo que contar. Ahora que estamos felizmente casados, me ha parecido egoísta tenerte para mí sola y he decidido compartirte con alguien.

—¿Con quién?

—Todavía no sé el sexo, pero te garantizo que te enamorarás de él, o de ella.

Se llevó una mano al vientre y sonrió al ver su reacción, porque era exactamente la que había esperado.

—Cariño… te quiero tanto… —le dijo Matías—. No sé cómo he podido vivir tanto tiempo sin ti… Voy a ser el mejor marido que pueda ser, y el mejor padre. Y ahora…

Volvió a mirar hacia la mesa.

—Yo pienso que la cena puede esperar un poco, porque se me ocurre una manera mucho mejor de celebrar esta noticia…

Bianca

¿Quién ha dormido en mi cama?

ORGULLO ESCONDIDO

Kim Lawrence

Ardiente, rico y atractivo, Gianni Fitzgerald controlaba cualquier situación. Sin embargo, un viaje de siete horas en coche con su hijo pequeño puso en evidencia sus limitaciones.
Agotado, se metió en la cama...
Cuando Miranda despertó y encontró a un guapísimo extraño en su cama, su primer pensamiento fue que debía de estar soñando. Sin embargo, Gianni Fitzgerald era muy real.
Una ojeada a la pelirroja y el pulso de Gianni se desbocó. Permitirle acercarse a él sería gratificante, pero muy arriesgado.
¿Podría Gianni superar su orgullo y admitir que quizás hubiera encontrado su alma gemela?

Acepte 2 de nuestras mejores novelas de amor GRATIS

¡Y reciba un regalo sorpresa!

Oferta especial de tiempo limitado

Rellene el cupón y envíelo a
Harlequin Reader Service®
3010 Walden Ave.
P.O. Box 1867
Buffalo, N.Y. 14240-1867

¡Sí! Por favor, envíenme 2 novelas de amor de Harlequin (1 Bianca® y 1 Deseo®) gratis, más el regalo sorpresa. Luego remítanme 4 novelas nuevas todos los meses, las cuales recibiré mucho antes de que aparezcan en librerías, y factúrenme al bajo precio de $3,24 cada una, más $0,25 por envío e impuesto de ventas, si corresponde*. Este es el precio total, y es un ahorro de casi el 20% sobre el precio de portada. !Una oferta excelente! Entiendo que el hecho de aceptar estos libros y el regalo no me obliga en forma alguna a la compra de libros adicionales. Y también que puedo devolver cualquier envío y cancelar en cualquier momento. Aún si decido no comprar ningún otro libro de Harlequin, los 2 libros gratis y el regalo sorpresa son míos para siempre.

416 LBN DU7N

Nombre y apellido	(Por favor, letra de molde)

Dirección	Apartamento No.

Ciudad	Estado	Zona postal

Esta oferta se limita a un pedido por hogar y no está disponible para los subscriptores actuales de Deseo® y Bianca®.
*Los términos y precios quedan sujetos a cambios sin aviso previo.
Impuestos de ventas aplican en N.Y.

SPN-03   ©2003 Harlequin Enterprises Limited

DESEO

Lo que iba a ser un matrimonio de conveniencia se fue convirtiendo en pasión

Un escándalo muy conveniente
KIMBERLEY TROUTTE

Un comprometedor vídeo había arruinado la reputación de Jeffey Harper. La propuesta de su padre de partir de cero conllevaba algunas condiciones. Para construir un nuevo resort de lujo en Plunder Cove, el famoso hotelero debía sentar antes la cabeza y celebrar un matrimonio de conveniencia. Jeffey no tenía ningún inconveniente en hacerlo hasta que la aspirante a chef Michele Cox le despertó el apetito por algo más picante que lo que un contrato permitiría.

Bianca

**Salió de una vida normal y corriente…
para acabar en la cama de un rey**

LA NOVIA ELEGIDA DEL JEQUE

Jennie Lucas

Beth Farraday no podía creer que el poderoso rey de Samarqara se hubiera fijado en ella, una simple dependienta. El resto de las candidatas a convertirse en su esposa eran mujeres tan bellas como importantes en sus respectivos campos profesionales. Pero Omar la eligió, y su apasionada mirada hizo que Beth deseara cosas que solo había soñado hasta entonces.

De repente, estaba en un mundo de lujo sin igual. Pero ¿sabría ser reina aquella tímida cenicienta?